Jose Luis Alonso

El regreso de los heroes

Jose Luis Alonso

El regreso de los heroes

Dictus Publishing

Impressum/Imprint (nur für Deutschland/only for Germany)
Bibliografische Information der Deutschen Nationalbibliothek: Die Deutsche Nationalbibliothek verzeichnet diese Publikation in der Deutschen Nationalbibliografie; detaillierte bibliografische Daten sind im Internet über http://dnb.d-nb.de abrufbar.

Coverbild: www.ingimage.com

Contact:
International Book Market Service Ltd., 17 Rue Meldrum, Beau Bassin, 1713-01 Mauritius
Email: info@omniscriptum.com
Website: www.bookmarketservice.com

Published in 2018

Printed in: U.S.A., U.K., Germany. This book was not produced in Mauritius.
ISBN: 978-620-2-47956-1

Impresión
Información bibliográfica publicada por Deutsche Nationalbibliothek: La Deutsche Nationalbibliothek enumera esa publicación en Deutsche Nationalbibliografie; datos bibliográficos detallados están disponibles en internet en http://dnb.d-nb.de.

Imagen de portada: www.ingimage.com

Contact:
International Book Market Service Ltd., 17 Rue Meldrum, Beau Bassin, 1713-01 Mauritius
Email: info@omniscriptum.com
Website: www.bookmarketservice.com

Published in 2018

Printed in: U.S.A., U.K., Germany. This book was not produced in Mauritius.
ISBN: 978-620-2-47956-1

EL REGRESO DE LOS HEROES

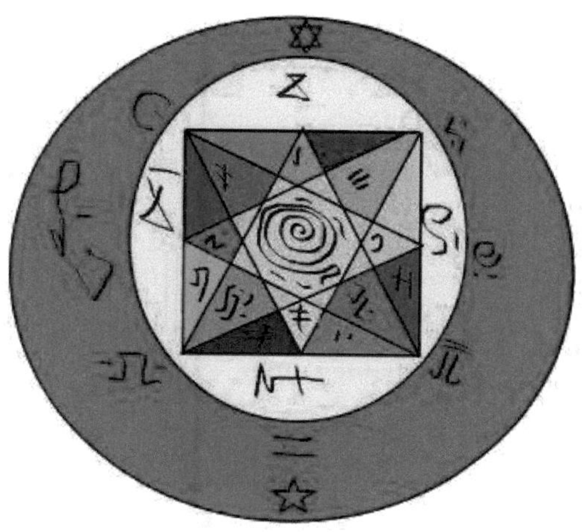

La Llave del Cielo

Nos despedimos para volver a vernos cuando me toque partir, fue la consigna. Imposible será olvidar todo lo vivido y acontecido. Recuerdo cuando se presentó por primera vez en mi estudio; como un cliente más, pero terminé siendo todo oído, aprendiendo de su extraña sabiduría. Era joven, de una mirada penetrante e inteligente, tanto su aspecto exterior como su conversación indicaban una persona tranquila y serena, pero apasionada cuando se inspiraba y el discurso pasaba entonces a ser una pieza magistral.

Cuando lo conocí, mis primeras preguntas fueron acerca de quién era, de dónde venía qué hacía en "la negra bahía", y recibí como insólita respuesta una supuesta descendencia del quijotesco caballero de la mancha y el delirio –para mí en ese momento- de querer " limpiar a la negra bahía de las tinieblas que la envuelven ", según su particular expresión. En donde sí pude vislumbrar un lejano "parentesco", en lo único en aquel entonces, fue en la locura, ya que suele ser genética –pensaba para mí- de acuerdo a las opiniones académicas y científicas. Es que yo creía, decididamente, estar tratando con un insano.

Fue una tarde de lluvia, cuando muy suelto de cuerpo y en referencia a sus ansias de luchar contra toda injusticia maquinada por quienes él denominaba "los hijos de las tinieblas", al igual que lo hacían sus queridos "hermanos esenios", como gustaba evocarlos, cuando me dijo que descendía del "Ingenioso Hidalgo Don Quijote de la Mancha". "- En todo caso, querrás decir de Cervantes!!"- exclamé en medio de una amplia carcajada que no pude contener ante el desparpajo y el furcio en que había, para mí, incurrido don José de Verdad.

Me miró fijo, como quien siente lástima ante aquel que no comprende la realidad de un hecho, que ignora y se ríe de su propia ignorancia. Y volvió a repetir con esa seguridad que solamente la sinceridad y el conocimiento de una verdad pueden otorgar:"- No se ría doctor…soy descendiente del Hidalgo Caballero, muy a pesar suyo!"

Según la transmisión oral de su familia y documentación que lo corroboraba, Cervantes había conocido a Don Quijote. Fue un personaje que existió en la vida real y con el cual, el célebre escritor, trabó amistad e incluso lo acompañó en varias de sus correrías y aventuras. Abundó en muchos detalles y hasta inclusive, me exhibió un pergamino firmado por el Quijote, así lo aseveró su también insólito descendiente, y en el cual podía leerse en castellano antiguo la dedicatoria que tanto el Quijote como su fiel escudero habían realizado al mismísimo Cervantes. Este extraño documento que no hacía falta ser un experto para apreciar su antigüedad, era la única prueba documental de la existencia del Quijote. Y sus descendientes pudieron hacerse del mismo gracias a la generosidad de la familia de Cervantes, quienes sabiendo el pacto secreto que unió al escritor con el personaje en cuestión, y la misión que el mismo debía cumplir como sólo un novelesco miembro de la literatura, decidieron donar dicho documento que se transmitió como un preciado tesoro de padres a hijos en la familia de los

quijotescos descendientes. Según su particular historia, han existido varios descendientes del hidalgo caballero de la mancha, y uno en especial, que es elegido "desde lo Alto", cumple la misión de luchar contra las "Fuerzas del Mal", o como también gustaba decir: "contra los hijos de las tinieblas…"
Su curioso o pretencioso apellido, aludiendo a la verdad, fue motivo también de mis indagaciones, ya que me sonaba a un seudónimo de quien pedantemente se creía dueño o contenedor de la mismísima Verdad, y así se lo hice saber. Y muy sonriente me contestó recitando aquel verso de Borges en donde recuerda la postura de Platón en su diálogo Cratilo: "Si como el griego afirma en el Cratilo / El nombre es arquetipo de la cosa / En las letras de rosa está la rosa / Y todo el Nilo en la palabra Nilo."
Al día siguiente recibí un mail que me desconcertó casi al borde de no poder pensar racionalmente: en Nueva Zelanda una pareja había decidido llamar a su hijo Superman porque le habían rechazado otro nombre con el que quisieron bautizarlo.
Las autoridades se basaron en varios precedentes que tenían como origen un caso sucedido en la segunda mitad del siglo XVII, cuando una pareja europea había querido registrar a su hijo con el nombre **4Real**. El nombre completo con el que quisieron registrarlo había sido: "José 4 real", y las autoridades argumentaron que el nombre tiene que ser una secuencia de letras, por lo que finalmente se aceptó su traducción como **José de** –la letra "d" es la cuarta letra del abecedario- **Verdad**, sinónimo de "realidad".
Tuve que beber un vaso de agua y respirar profundamente el aire contaminado de la negra bahía.

¿Cuál era su manera de luchar contra los hijos de tinieblas de la negra bahía?, pregunté una vez. Mediática o virtual, mejor. Así es. Opinaba en páginas virtuales, como La Brújula o Sololocal. Decía que "despertaba conciencias con su vuelo de moscardón molesto y discutidor". Sus lugares en la negra bahía, que visitaba casi como sitios rituales, eran el Mercadito de Pulgas, donde "se cargaba de energías porque allí anidan los recuerdos en objetos antiguos; en los mismos, están los afectos y las ondas positivas y por supuesto, también negativas, pero hay que saber distinguir y procesar el mecanismo adecuado para realizar la operación dínamo y salir impregnado, lleno de buenas ondas…" Otro lugar era el busto de José Martí, que está ubicado en la calle Sixto Laspiur, en una plazoleta contigua al antiguo ferrocarril. Solía llevar una rosa blanca al Apóstol y Libertador Cubano, cuando caía el sol, "hora en que Dios nos escucha en nuestros pedidos, y los héroes, también..."solía repetir. Sus caminatas por el parque de mayo, en donde meditaba sentado en un banco, o su mesa en el Histórico Café, donde comenzó la escritura del Chilam Balam, y lo concluyó en rollos de papel higiénico en mi estudio, ante mi sorpresa cuando se encerró durante horas en una de las oficinas para luego agotar los rollos y presentarlos con una escritura extraña, como signos jeroglíficos, donde supuestamente – me aclaró luego de mis lógicas interrogaciones ante tamaña conducta- estaba revelado el día, hora, mes y año del fin de los tiempos del mundo que termina…

Si hubo un acontecimiento que me resultó difícil de aceptar en su momento, fue cuando me dijo, casi con tono de confesión, que había conocido al Che, y que estuvo en la Higuera aquél fatídico 9 de octubre de 1967. Recuerdo que aquello no lo toleré, y pensé derechamente que me tomaba el pelo…y le pedí entonces que se retirara, que tenía mucho trabajo por hacer.

Al día siguiente se hizo presente nuevamente y antes de que yo pudiese hilvanar una palabra, me mostró una fotografía, bastante vieja por cierto, en la que se veía el cadáver del Heroico Comandante, con esa mirada casi cristica y junto a la mesa, este extraño personaje quijotesco, con vestimenta de paisano. Quedé petrificado. Atónito. Dije: "es un truco!". Sin embargo la foto era real.

Los años no pasaban para José de Verdad. Me parecía que estaba en presencia de la

misteriosa leyenda del Conde de Saint Germain, de quien dicen que vivió más de 500 o 600 años! La incredulidad que había despertado en mí ese relato, se me presentaba ahora "en vivo y en directo..."

Ante el desconcierto y dudas elocuentes, su respuesta fue aún más inverosímil y estrambótica: Hacía años, muchos cientos de años, tuvo un encuentro con la mismísima Parca. Sí, con doña Muerte! Se le presentó en persona, "en cuerpo y presencia como usted o yo ahora", me dijo muy convincentemente. Lo había venido a buscar, pero le concedió una oportunidad por ser "un elegido y escogido" de acuerdo con las leyes que gobiernan esta extraña creación. ¿Y cuál fue esa oportunidad? Pues la de poder escoger entre morir en la hora señalada, o bien, evitar la desencarnación, y vivir eternamente o hasta el momento que eligiese, pudiendo recuperar la juventud. José de Verdad se decidió por seguir con vida hasta el triunfo de las Fuerzas del Bien o de la Luz, como gustaba decir, parodiando a sus amados Esenios. Es decir, hasta el final del Armagedón. Para ello el Angel de la Muerte le dijo que previamente debían jugar una partida de ajedrez, y si le ganaba, se le concedía automáticamente ese deseo. Y así fue como venció a la Parca y lo más extravagante fue cuando me mostró la fotografía de un cuadro –que para mí, era el símil de una toma de una película de Berman- en donde se ve una representación de una figura que claramente se identifica con la Muerte, un tablero de ajedrez y otro personaje, que viene a ser su contrincante, al cual me señaló como:"-Este soy yo antes de vencer a doña Parca, para luego rejuvenecer logrando la vida hasta la Batalla Final..."

A él no le ocurrió lo acontecido en el mito de Titón, el enamorado de Eos, la Aurora, ya que cuando le pidió la inmortalidad a la Parca también solicitó la eterna juventud, detalle este último que había olvidado Eos pedir a los dioses a favor de Titón, quien si bien adquirió la inmortalidad no por ello dejó de envejecer y por lo tanto fue un viejo inmortal, algo que por cierto nuestro amigo se cuidó bien de no emular. Me vino entonces a la memoria aquel diálogo del Amor y la Guerra, entre Horacio Verbitsky y Juan Gelman, publicado en el diario Página 12, a raíz de la entrega del premio Cervantes a este gran poeta y militante del pueblo argentino. En él Verbitsky le recordaba una correspondencia mantenida entre ellos, y en la cual le había dicho que los dos debían convertirse en fósiles para que haya combustible en algún futuro lejano, ya que los fósiles nunca cambian: "no podes envejecer más, te quedas en ese estado.." Evidentemente ellos también se habían enfrentado con la Muerte, y si bien no se los llevó, tampoco podemos decir que se fue con las manos vacías. José de Verdad tuvo mejor suerte. Y encima, no quedaría para fósil, muy por el contrario, para él, el futuro no era lejano.

II

Un día vino a la oficina junto a otro joven a quien me presentó como un amigo de nombre Mario. Cuando conversaba con ellos, me parecía estar con mis compañeros de los años 70. Mario, también joven eterno, se presentaba como un sobreviviente de la mítica organización guerrillera "Montoneros". Se salvó eludiendo a las fuerzas represivas, siendo el único cuadro de jerarquía que pudo seguir operando luego de la casi aniquilación y dispersión de las células montoneras, por ello, decía ser un "montonero unicelular", sonriendo al mismo tiempo que sacaba su teléfono celular. "Mario Montonero", para los amigos o el "leño durmiente". En otra oportunidad, había finalizado mi actividad, cuando veo ingresar al estudio a José de Verdad con cara de mucha preocupación. Traía consigo una voluminosa caja cuyo contenido luego me diría:"estos son mis documentos ocultos. Son reflexiones que desnudan mi pensamiento: usted guarde estos documentos. Sólo puede acceder a estos tres" y me señaló unos escritos cuyos títulos eran:"El más vasto de los interrogantes" "La Solución al gran problema" y "Comienza el tiempo del Mundo que termina".

Los restantes, eran investigaciones sobre el accionar de "los intereses mafiosos en la negra bahía" y unos papeles amarillentos de tan antiguos, con escrituras y signos para mí extraños, desconocidos. Sobre estos últimos manifestó que no debía abrirlos:"- ¿ Cree en las maldiciones?", me preguntó en tono muy solemne. "- No, pero que las hay las hay.."- le respondí lacónicamente. "- Esos documentos que no deben abrirse ni leerse por ningún motivo, están malditos. Son manuscritos egipcios y mayas y otros de culturas totalmente desconocidas para los eruditos oficiales.. Nos vamos con Mario a un largo viaje. Prometo regresar pronto como también algún día darle a conocer el contenido de todos estos documentos.. De todas maneras oportunamente recibirá un mail de Mario por el cual le revelaremos lo que estará permitido en ese momento, para que ud. y los suyos tomen las previsiones del caso. Esté atento.."

III

Con los días, la ansiedad por saber qué contenían aquellos documentos con signos misteriosos y desconocidos para mí, fue en aumento. Hasta que el esperado mail de Mario Montonero llegó a mi casillero. Voy a copiar sólo el final dado que son varias páginas, y realmente, sería tedioso transcribir todo, pero además, y tal vez lo más importante, me fue prohibido por el mensajero, no sin antes recordarme la advertencia de que corría peligro (textual) mi vida si violentaba el secreto de algunas de aquellas páginas que fueron señaladas a fin de no caer en equívocos. Por lo tanto, solamente transcribiré aquello que estoy autorizado, y de esto, lo que me pareció más interesante para dar a conocer a terceros a quienes no conozco.

Copio lo revelado por José de Verdad como los sucesos que están aconteciendo ya, y los que vendrán casi de forma inmediata.

"EL TRECE AHAU KATUN"

" Se ennegrecerá el ramillete de los Señores de la Tierra por la universal justicia

de Dios Nuestro Señor. Se volteará el sol, se volteará el rostro de la luna; bajará la sangre por los árboles y las piedras; arderán los cielos y la tierra, cuando los hijos de la luz levanten su espada para penetrar en las Tinieblas..."

"...Han pasado doce katunes y aguardamos el katún 13, año 2022. De aquí en adelante la catástrofe final es inevitable para los hijos de las tinieblas, que hoy perversamente pueblan los continentes del mundo. El katún 13 es definitivo. Los mayas lo esperan... De manera que con el katún 13 llegará Hercóbulus y se producirá el gran incendio universal que quemará todo aquello que tenga vida

(en tinieblas)…"

"Más tarde vendrá la revolución del eje de la tierra, con el hundimiento total, absoluto, de todos los continentes que existen (salvo aquellas tierras donde habiten los escogidos)". " Solamente un pequeño grupito de gentes selectas será salvado, para que sirva de semillero a los Koradhi y habitarán lo que hoy es An

tártida…"

"Los hijos de las tinieblas están perfectamente descriptos en el katún 13 maya: perecerán por el fuego. Con la revolución total del eje de la tierra el agua acabará de consumir todo, de lavar todo y todo quedará en el fondo de los mares…"

"Los mayas en secreto siguen existiendo, con toda su ciencia. No los mayas cono

cidos hoy públicamente en Nuestra América. En el universo paralelo, en la cuarta dimensión de este planeta siguen viviendo los mayas con toda su sabidu- ría; conservan sus mágicas ciudades; continúan con sus ciencias y costumbres, dedicados a sus estudios y cálculos. Hay ciudades mayas dentro de la cuarta dimensión. Templos maravillosos de oro macizo que no se los dejaron ver a los españoles, era la leyenda del Dorado que tanto buscaron los conquistadores, donde guardan la Gran Sabiduría Antigua, y desde donde revelamos este mensaje…"

Apenas unos años para el Katún 13 maya… Y aquí estamos peleando por la soja…Por las retenciones, por llegar a fin de mes, por tener y no ser, por parecer antes que ser… Recordé aquella, para mí, ridícula extravagancia de José de Verdad cuando me había dicho: **"La Revolución se hará sin revolucionarios…"** ¿Se refería a la revolución del eje de la tierra? El katún 13 maya…También vino a mi memoria el mensaje de Ramatís: un planeta que se acerca y conmueve atrayendo el eje de la tierra, ya que ejerce una especie de simpatía magnética…La revolución sin revolucionarios…Los hijos de la luz se encargan de rasgar las tinieblas y entonces todo cambiará, pero no sin antes suceder Hercóbulus, Armagedón, Revolyum o como quiera llamársele…

Ahora comprendía más que nunca otras afirmaciones que me había revelado como profecías o mandatos divinos, que repetía como si hablara para un futuro definitivo, previamente sabido e indicado:

" Y terminaremos todos en el polo sur, como pinguinos… Al final gana Néstor, todos nos iremos al sur, el único territorio que sobrevivirá al katún 13 maya!!! Se derretirán los hielos pero los pinguinos serán siempre…hágase pingüino, tordo!!!" exclamaba sonriendo socarronamente… O cuando me despachó aquel:

"el pingüino vencerá al jaguar, como el cordero al lobo, en el final de los tiempos…"

El jaguar entre los mayas era temido, era tinieblas, era el mal, el peligro; acechaba en la selva y mataba y comía al incauto y desprevenido.

A mí me intrigaban los manuscritos de signos extraños, aquellos que expresamente me había prohibido y que estaban malditos según su expresión.

Le pedí un día que los tradujera. Y él, como los sacerdotes druidas, sabía las enseñanzas esotéricas y no podía transcribirlas "sino mediante una escritura vegetal simbólica cuyo secreto sólo conocen los iniciados. Sólo ellos tienen la clave…" Me dí cuenta que no podía revelar el mensaje. Que bastaba con las advertencias sobre los graves acontecimientos que se avecinan. No podía confiarme el secreto de aquellas escrituras. Solamente debía contentarme con el mail que Mario Montonero me hizo llegar…

IV

Aquel 7 de mayo se explayó sobre Evita. Era su cumpleaños. Sentía verdadera admiración por la "Abanderada de los Humildes". "Ella está siempre presente. Es como una diosa, como una guía espiritual de este pueblo...llegué a conocerla"- dijo pausadamente, bajando el tono de voz, ya que esperaba mi consabido descreimiento explícito. Como guardé silencio, prosiguió :"- Fue a fines de la década del 40, cuando luego de trabajar junto a ella y su gente, en la Fundación, tuve que irme a Centroamérica, y como sabía que no volvería a verla por un largo tiempo, quise llevar conmigo un testimonio, un recuerdo y le pedí fotografiar el momento en que leía la carta que le envié antes de emprender el viaje ". Y como prueba de ello, me hizo notar que la fotografía en cuestión fue desconocida hasta hace muy poco tiempo en que apareció en España ya que él la guardó y la dio a conocer recién " en el tiempo de la conclusión de la revolución y la realización de la Utopía", tal como se lo prometió en esa carta, quedando retratado para la posteridad el instante mismo en que Evita está leyendo esa frase. Así lo aseveró José de Verdad ante mi estupor y silencio sepulcral.

Con la misma científica seguridad, me exhibió la famosa fotografía en que El Che, el Heroico Comandante está leyendo una carta en el mismo momento del triunfo en Santa Clara; esa nota se la envió José de Verdad felicitándolo por la victoria "que abría las puertas a la Revolución".. Y también para convencerme de lo que para mí era realismo fantástico en vivo y en directo, me indicó que observara bien la foto ya que detrás del Che puede verse al compañero Néstor, quien ya desencarnado, puede ir al pasado, al presente, al futuro porque es libre en forma absoluta y el tiempo no existe –yo no sabía ni atinaba a decir nada: quedé mudo, como uds. ahora al verlo- y también me acompañó otras fotos que demostraban su amistad con el Che. Y así se los ve jugando una partida de ajedrez; otra en las históricas jornadas en Sierra Maestra y en la sede del Partido en la Habana..

Esta fotografía no es trucada: puede observarse en la página 83 del libro de Aleida March "Evocación. Mi vida al lado del Che".

José de Verdad jugando una partida de ajedrez con el Che en la Habana.

Foto de arriba: José de Verdad junto al Che en Sierra Maestra. Abajo: en una reunión del Partido en la Habana.

Mi silencio en aquellos días era tan cerrado como el entendimiento para abarcar todo lo que estaba oyendo y viviendo, que era poco frente a lo que se avecinaba.

El Che leyendo un mensaje de José de Verdad.

V.

Y volvió del viaje convencido que debía fundar un Club Político para lograr que en la Bahía el saber y el conocimiento de la Verdad pudiese imponerse definitivamente sobre el discurso embrutecedor y adormecedor de conciencias que habían instalado los hijos de las tinieblas.

"- Debemos edificar una institución donde el principal deporte sea la plática filosófica y el pensamiento político; un verdadero centro de discusión de todas las ideas. Se permitirá el ingreso de hombres, mujeres, niños, ancianos, fantasmas, espíritus, ET, plantas, cosas, objetos variados, toda clase de animales, monstruos, bestiarios –incluidos vampiros, si es que existen- menos ¡GORILAS!"- fue su expresión altisonante, subiendo el tono de su voz hasta retumbar en mis oídos aquel "¡ gorilas!", que todavía hoy puedo oír al evocar el recuerdo del encuentro fundacional.

"- Pero ¿ y cómo se va a discutir o analizar todas las ideas si no se permite el ingreso de los gorilas? No es muy democrático ese club.."- me permití reflexionar en voz alta.

"- Es que los gorilas no tienen ideas políticas, lo suyo no es un ideario o pensamiento filosófico sino un entramado de odio y maldad…Bien lo sintetizó en su alegato el Fiscal Félix Crous en el juicio por los crímenes cometidos en el centro clandestino de El Vesubio, cuando expresó aquellas palabras que Julio Cortázar había dicho en París en 1981: "cuando tomamos contacto con la cuestión de los desaparecidos en la Argentina o en otros países sudamericanos, el sentimiento que se manifiesta casi de inmediato es el de lo diabólico…"- me contestó lacónicamente, mirando hacia una ventana por la que un tímido sol otoñal penetraba en aquel mediodía del día en que regresó de su viaje por el interior de la eudemonía, según luego tituló cuando le pregunté qué lugares había visitado en su viaje.

"- Los orientales dicen que el sendero nos lleva en un círculo de regreso al punto donde se está. Es como la parábola del hijo pródigo y que los budistas dicen que

es el viaje de un loco por todo el mundo en busca de su cabeza, que nunca ha perdido…Es la imagen del navegante que sale de Inglaterra en busca de tierras desconocidas, y que después de mucho navegar y recorrer, llega a lo que él considera una isla ignorada del Mar del Sur, pero que en realidad era la misma Inglaterra, y que le sirve a Chesterton en su "Ortodoxia" para describir su propio peregrinaje espiritual: después de haber deambulado por sectas y filosofías diversas, descubrió que a lo que llevaba el sentido común era al cristianismo, que se encontraba en la tierra desde hacía dos mil años…Algo parecido ha sido mi viaje…"- agregó para luego proseguir en relación a los miembros del Club:
"- Si a todos los une el mismo objeto común, un mismo trabajo común, ese mismo problema común estimulará la mutua vinculación de los miembros y entonces serán sujetos portadores de círculos cerrados de verdades fecundas y fundamentales…"- concluyó levantando los brazos como un concertista de piano al finalizar la ejecución de su obra.
No quise reprocharle la inútil tarea –desde mi punto de vista- que se empeñaba en realizar, para no convertir mi actitud en una simple incomprensión más de las muchas que como muestras lapidarias recibía a diario en la negra bahía…

Para él todo era filosofía. La solución del problema de la existencia era filosófica. "- Debían gobernar poetas y filósofos. Artistas, metafísicos, místicos…los hombres sensibles, los únicos revolucionarios. Los demás no contaban. Cuanto más lejos estuviesen de las decisiones, mejor…-", solía repetir.
El Club Político operaría como un imán al atraer por simpatía a estos seres especiales. Una especie de catalizador institucionalizado, dijo una vez.
"- Primeramente deberá hacerse la tarea de decantación, ya que se mezclarán algunos hijos de tinieblas, pero la ley de simpatía y analogía atraerá a los afines y entonces el círculo se llenará de los elementos necesarios y elegidos para el fin que justifica mi misión en la ciudad. Estos miembros, al actuar en conjunto, ejercerán una influencia práctica y reformadora, y su fuerza llegará hasta "la atmósfera psíquica" de la ciudad, operando el cambio necesario para oxigenar el

pensamiento social, tornándolo accesible y permeable a las nuevas ideas revolucionarias...-", así de fácil y sencillo era el plan y la reflexión del espíritu quijotesco de don José de Verdad.

A veces, al escucharlo hablar de este modo, recordaba a Foucault cuando refiriéndose al conocimiento en el siglo XVI, menciona las signaturas que reconocen las semejanzas de las cosas o las personas entre sí. Señales que demuestran cuáles son los afines pero hay que saber leer en la naturaleza, en las cosas, en las personas. No es para cualquier improvisado. Y José de Verdad, portador de secretos varios, parecía contar con este oculto conocimiento también. Fue entonces cuando le pregunté cuáles son los signos que permiten reconocer a los hijos de la luz, a los revolucionarios, a los hombres y mujeres afines con el bien o con el sueño del mundo mejor. Cuáles son las señales que indican la semejanza secreta y esencial. Me miró a los ojos, guardó silencio. Caminó de un extremo a otro de mi oficina. Se sentó nuevamente. Yo pensaba que lo había descolocado con una pregunta inesperada. En mi mirada debió dibujarse tímidamente una sonrisa de morboso placer que él captó y volvió a fijar sus ojos en los míos, y esta vez sentí la fuerza de su misteriosa mirada. Pero la sostuve creyéndome ciertamente vencedor ya que mi pregunta lo encontraba sin respuestas. Y serenamente, como quien va a sacrificar a un pobre e indefenso corderito atado y que por lo tanto, puede elegir a piachiere en qué lugar asestar el golpe mortal, me recitó un poema: "Quietud sin aliento / Sigilosas miradas / Caminantes de caminos andados / Fugitivos del pasado / Descubridores del futuro / El agradecimiento es su moneda / El honor es el agua clara en que se reflejan sus rostros y beben su sed." Una vez más no supe si reír o llorar…

"Los miembros del Club serían verdaderos hinchas, fanáticos, su camiseta sería la de la filosofía de la revolución. El equipo, por decirlo así, que formarían tendría como herramienta el saber universalmente válido de la realización del cambio revolucionario para la conversión del hombre viejo en un Hombre Nuevo. Operado este cambio en cada individuo, necesariamente la sociedad conformada por esos hombres nuevos será una nueva sociedad, una sociedad diferente a la anterior y vieja comunidad. Por lo tanto, el cambio es totalmente revolucionario ya que transforma la base misma de toda sociedad que finalmente es el propio hombre. Se tendrá entonces la realidad de una nueva conciencia histórica y de nuevos valores vitales colectivos".

Me parecía ver la receta de los espiritualistas, de los masones o las viejas fórmulas partidistas. O la conclusión de Foucault en relación al saber del siglo XVI, si tal vez José de Verdad no condenaba a los miembros del Club Político a no conocer nunca sino la misma cosa y a no conocerla sino al término, jamás alcanzado, de un recorrido indefinido. No me atreví a interrumpir sus reflexiones con mis íntimos pensamientos. Un temor vago se adueñó de mí. Es que me sentí un pesimista, un hombre del viejo sistema dominador. Decidí entonces callar y oír.

El no fracasaría en penetrar la realidad por la vía metafísica. Se jactaba en demostrar y experimentar con fenómenos que cualquiera señalaría como trucos de magos. Magia y Revolución Social juntas y de la mano!!!

Dar a conocer su filosofía revolucionaria era todo un desafío porque el tiempo del mundo que termina necesitaba imperiosamente contar con ella. La unificación era su mayor desafío. Debía lograrlo lo antes posible. En el Club Político se avocarían a alcanzar esa unificación del pensamiento filosófico contemporáneo. El Siglo 21 sería reconocido como el de la Unificación que permitió equilibrar la revolución científica operada por el hombre en el Siglo 20 con la revolución del pensamiento. Y las bases fundamentales de esa revolución cultural y espiritual, de esa transformación filosófica, saldrían nada menos que del Club Político!!!

A mí se me presentaba aquél diálogo de los hermanos Marx, en que Groucho le dice a uno de sus hermanos:

"- Mira! Hay un tesoro en la casa de al lado

- Pero si no hay ninguna casa al lado..!

- No importa, vamos a construir una..."

José de Verdad poseía muchos secretos, entre ellos el de la vida y la juventud eterna. Cuando recordaba su inmortalidad obtenida como premio al ganar al Angel de la Muerte una partida de ajedrez, me preguntaba si no había sido cierta aquella leyenda de Gilgamesh. Se me presentaban las palabras de Siduri cuando trató de disuadirlo de su empresa de encontrar a Utnapishtim, diciéndole que los dioses cuando crearon al hombre, le dieron la muerte por destino y ellos se quedaron con la vida. Por eso el destino del hombre era comer, beber y divertirse, aceptar entonces el mundo tal cual es, no intentar cambiarlo, nada de revolución ni de utopías. Pero Gilgamesh tuvo poco de gil y mucho más de gamesh, y no hizo caso a las advertencias y consejos pesimistas de la posadera y siguió adelante con su propósito para finalmente alcanzar su sueño. Algo que José de Verdad también quería realizar ya que, si bien contaba con la vida y juventud eterna, ello no era un fin en sí mismo, como lo fue para el héroe sumerio sino el medio para alcanzar su sueño de un Mundo Mejor, en donde la Justicia y el Bien reinarán para siempre entre los hombres. Aquel Reino de Dios anunciado por los antiguos profetas debía ser el Reino del Hombre Nuevo. Pero no podía evitar preguntar si este reino o sueño no era el tesoro de la casa de al lado que todavía no había sido construida!!

"- Construir la casa de al lado es construir el Hombre Nuevo. El tesoro escondido en la casa de al lado es el mundo Mejor, es el Reino de Dios o como guste usted llamarlo-" me dijo sin titubeos ante mi sarcasmo "marxista/grouchista". Y luego prosiguió con un discurso cada vez más sesudo para mí, pequeña estructura psíquica desacostumbrada a los buceos filosóficos:

"- Para lograrlo, deberemos cambiar la interpretación objetiva, las formas de la representación de la realidad. La interpretación de lo que percibimos y vivimos, origina nuestra visión del mundo, nuestro concepto de la realidad y de tal forma, también de todo nuestro conocimiento científico, que es como decir, de todo nuestro conocimiento de la realidad. Si logramos transformar nuestra estructura psíquica transformaremos la realidad objetiva porque otros serán nuestros instrumentos psíquicos de arribo a las conclusiones finales. Habremos cambiado los paradigmas del conocimiento de lo verdaderamente valioso. Otra será nuestra comprensión de los valores de la vida y los valores de las cosas”-.

VI

Acepté concurrir a la casa de José de Verdad. La misma era como es de suponer, una casa antigua, con cierto aire de misterio en su frente. Me hizo acordar a la casa que los masones tienen en la segunda cuadra de calle Saavedra en Bahía. Al ingresar a la misma, luego de atravesar un hall, se accedía a una sala redonda que da a varias puertas, entre ellas una central, por la cual se ingresaba a un gran salón, una especie de nave, y al hacerlo se podía apreciar dos columnas separadas una de otra por el ancho de la puerta. Me explicó que "esas dos columnas, al igual que en el Templo de Salomón, hacen referencia a la eterna dualidad de las fuerzas del cosmos, de las energías del bien y del mal, lo masculino y lo femenino". Agregó "que el poder de la dualidad es el poder del binario que nos permite conocer. Sin esa ley del contraste no alcanzamos el conocimiento. Debido a ello renacemos, unas veces como hombres y otras como mujeres, y por tanto podemos llegar a amarnos, porque en lo femenino también está lo masculino y en lo masculino, también está contenido lo femenino"

El salón o nave central tenía un largo de aproximadamente unos treinta metros por ocho metros de ancho y una altura de más de cinco metros. Sobre el techo se veía una pintura de un cielo estrellado, con diversas constelaciones; rematada por un sol naciente y el ojo de Orus en el final de ese peculiar techo. Sobre una de las paredes, había ventanas con celosías que daban a una galería. Esta especie de nave o templo se encontraba revestida en madera y el piso, recubierto con planchas de ciprés. Sobre las paredes se observaban esculpidos figuras de capullos abiertos y caras de ángeles o querubines, también en madera. Ubicada en medio del recinto, una gran mesa rectangular, tal vez de unos veinte metros, con sus correspondientes sillas o sillones mejor, ya que eran de tamaño realmente grandes y fue allí donde escuchamos con Mario sus delirantes -para mí entonces- conferencias sobre temas referidos al poder de los números y de las palabras; sobre la necesidad de "recrear la organización"("la orga") para los tiempos finales que se aproximaban.

Al ver la extraña escenografía de esa casa, que parecía más un templo iniciático, y a estos dos personajes, que para entonces los veía como un par de locos, me preguntaba a mí mismo qué diferencia habría entre una ceremonia masónica u ocultista y el escenario donde me encontraba. La respuesta que venía a mi mente no era otra que "entre los masones u oculistas todavía hay cordura y donde vos estás sólo hay locura!, perdiste hermano!!" Y me dije: "lo sigo escuchando, de todas formas, servirá algún día, tal vez, para contarlo si es que salgo vivo de esto", y un poco alentado por no haber perdido el humor todavía a esa altura, presté atención al discurso de José de Verdad: "- Para nuestra seguridad interna, apelaremos a todas nuestras ideas básicas y fundamentales, y las expresaremos con figuras geométricas o astrológicas y con números. Esto, como veremos en su momento, si tuviésemos que ser sometidos a un interrogatorio –aún a base de violencia que venciera la voluntad del interrogado- será un mecanismo de salvación porque cuando se le exprese a algún extraño nuestras ideas o representaciones de las mismas, no entenderán nada. Más: pensarán que el sujeto se volvió loco, que perdió la razón, y prontamente se verán derrotados por la ignorancia y el desconocimiento del acceso críptico a la interrelación con los miembros de nuestra organización. Veamos ejemplos: al referirnos a Mario Montonero, por ser la célula madre, huevo o cigota, la representaremos con el **punto ó el uno (1)**, que es la representación analógica de la Unidad y el Principio. En las ciencias ocultas se lo asocia con la idea de Dios, de la causa primera, del principio creador. Simboliza la voluntad, la inteligencia, la afirmación en nuestra organización. Por lo tanto, cada vez que quiera uno referirse crípticamente al **1** también podrá hacerse como "la voluntad", "la inteligencia", "la afirmación"; igualmente se lo podrá mencionar o relacionar con **el Sol**, con el signo zodiacal de **leo**; con los colores **anaranjado y oro**; con la nota musical **do;** con las letras **A, I, P,Z.-**"

Yo tenía ganas de salir corriendo, de escapar por las ventanas ante tamaño incoherente discurso...Abría los ojos como si fuesen un par de huevos fritos. Y prosiguió de la siguiente manera: "- El dos (2), quien habla, será identificado con **una línea**, símbolo del **antagonismo o de la naturaleza**. Se puede relacionar con **la luna**, con el signo zodiacal **cáncer**; con los colores **blanco, azul, violeta y verde**; con la nota musical **La Bemol**; con las letras **b, j, q**. Es muy posible que si alguien se refiere a otro, por ejemplo, como "la línea", la patota policial o de los servicios, con su primitivo pensamiento, sólo podrá concebir "una línea de la blanca", y muy seguramente desviarán el curso de la investigación hacia el narcotráfico. Esto traerá como segura consecuencia, que la patota elimine las bandas de narcos existentes en búsqueda de la señalada "línea", por lo que estaremos logrando antes de la toma del poder, sino la supresión total, la exclusión al menos en un gran porcentaje de la mafia de los narcos. Igualmente ocurrirá, si las referencias fueran los colores o las notas musicales: todo ello en la mente primitiva de los fachos no irá más allá de una pintura, de un pintor o de una canción o de un músico. Con la decadencia que existe en los artistas del neoliberalismo, difícilmente irán a buscarlos, por lo escasamente peligrosos que son para ellos..."

Ante esta lógica tan sincera y segura con que se expresaba el personaje, no sabía si reír y morir no de amor sino de la risa.. O directamente, llorar por mi imbecilidad...-" Bien tordo!!, atienda esto –prosiguió José de Verdad ante mi sorpresa por todo lo que estaba escuchando. "- Usted representa el **Uno y los Muchos**." Imaginemos mi cara ante semejante definición de lo que yo podía representar según lo que terminaba de oír, y siguió adelante: "- Como es un número que representa la forma , -ya que no puede existir cuerpo sin tres dimensiones longitud, latitud y espesor, **el triángulo** expresa a la idea.."

A continuación, me alcanzó un pequeño objeto con dicha forma, y agregó: "- Le pido que lo lleve siempre con ud. Será no sólo su identificación sino también su protección talismánica. Dicha figura triangular contiene en sí misma el **Pasado,** el **Presente** y el **Porvenir**, por lo que así será denominado también, al igual que como **Júpiter**; con lo signos zodiacales de **Sagitario y Piscis**; con los colores **azul eléctrico y púrpura**; con la nota musical **Si Bemol**, y con las letras **C, K, R**". No pude contener mi satisfacción cuando pronunció la letra **K** como identificatoria de mi persona. Y continuó con el delirante discurso:"- Mire, para nosotros es sumamente importante haber logrado esta noche llevar a cabo lo que denominamos "La Operación Embriogénesis". Para los Magos en la antigüedad, era un dogma la idea del Ternario, ya que a partir de esta idea, podía multiplicarse a lo infinito, tanto en el mundo material como en el espiritual e intelectual. Es por ello que aquí somos tres..", concluyó con un halo de misterio, para luego proseguir: "- Todo fluye y refluye con movimiento pendular. Todo crece y decrece, todo asciende y desciende, todo marcha y regresa al punto de partida. Es una constante en el universo de ir y venir con rítmica oscilación. Todas las fuerzas de la creación operan a base de proporciones numéricas. Y así será nuestra organización y nuestra metodología operativa. Números y figuras geométricas serán ideas fuerzas para alcanzar nuestros propósitos. Y dado que las oscilaciones cíclicas de período y ritmo constante que determinan la existencia, dominan no sólo en la naturaleza sino que alcanzan a los individuos, y por tanto a los hechos históricos, es que pasaré a continuación a la ejemplificación clara y concreta..."

En ese momento miré sorprendido a Mario Montonero, como queriendo por mi parte inquirir, averiguar si él pescaba algo del delirio que para mí era todo lo que estaba escuchando, y Mario me contestó con una mirada de satisfacción, como diciendo, con orgullo ajeno:"¡¡ es un maestro!! " Tragué saliva y no veía el momento de huir, "por qué no habré hecho otro plan", eran cargos y auto reproches los que mi mente me hacía...

Y prosiguió nomás con su discurso:"- El **período** como intervalo de tiempo necesario para completar un ciclo repetitivo, o el espacio de tiempo que dura la repetición de algo, lo vemos por ejemplo, en el período de la menstruación de la mujer, que cada 28 días, debe producirse la expulsión del óvulo. Pero debemos saber que todo está sujeto a un **ritmo** también, que es la sucesión repetida de movimiento y

reposo, acción y descanso, dentro del orden acompasado de diferentes o semejantes acontecimientos de las cosas. Ud. ve que la luna gira en un perfecto ciclo. Al igual que los planetas alrededor del sol. Si un cometa nos visita un astrónomo calculará / con toda precisión el momento de su regreso. Más aún ahora con los siete telescopios que los ingleses han puesto en actividad dando lugar a un supertelescopio –ya que operan en red- y la información que hasta hoy tardaban tres años en conocer, pueden lograrla en tan sólo un día!. Bien: uno de los fenómenos –le pido doctor .que me atienda a partir de este instante lo que a continuación voy a desarrollar dado que tendrá consecuencias en el futuro- me dijo mirándome fijo y con una fuerza en su mirada que logró sacarme del sopor en que estaba cayendo como a un abismo. Y siguió:"- Uno de los fenómenos más sorprendentes nos lo ofrece la **precesión de los equinocios**: es decir, cuando el Sol vuelve al año siguiente al mismo punto de partida. También lo vemos cuando el Sol pasa por cada uno de los signos del zodíaco, para cuyo recorrido necesita aproximadamente unos 2.000 años. Y luego algo más de 25.000 años, vuelve, debido al ritmo cósmico, a ocupar el mismo punto de partida. Ahora tomemos al ser humano: cada rítmica respiración corresponde a 4 pulsaciones, y si el hombre verifica 18 respiraciones por minuto, deberán corresponderle 72 pulsaciones en el mismo tiempo. Tomando por base 18 respiraciones por minuto, podremos hallar las respiraciones que corresponden a un día entero. Tendremos pues que, 18 x 60= 1080 por hora; y 1080 x 24 horas, es igual a **25.920** respiraciones diarias.

Este ritmo microcósmico de **25.920** corresponde a la cantidad aproximada señalada como Ritmo Cósmico en la Precesión de los Equinocios. Podría seguirse con diversos ejemplos en donde se aprecia como la periodicidad y ritmo gobiernan diferentes fenómenos de la naturaleza. Humboldt descubrió la denominada "Corriente del Niño", cuyos efectos fueron y siguen siendo catastróficos, y la misma se produce en un ciclo con una periodicidad constante. Y esto, con cambios, es cierto ahora, ocurre con las estaciones, con los cuartos de luna, etc."

De pronto clavó sus ojos en mi rostro, ya que yo bostezaba como en medio del mejor de los aburrimientos! Y sentí que no le causaba ninguna gracia a este personaje que había dado una magistral clase de conocimientos esotéricos y astrológicos, pero yo hacía rato que había caído en el más grande de los sopores…

Pero seguidor como perro de sulqui, José de Verdad se dirigió a mi, diciendo:"- Como ve tordo, se expresan estos fenómenos numerológicamente. Los números, para finalizar, son símbolos que se convierten en fuerza activa por su relación con nuestro pensamiento. Cuando ud., por ejemplo, en la escuela, en el colegio o en la universidad, le decían: "se sacó un tres", no provocaba el mismo resultado en su mente que hoy cuando le decimos: " es el número TRES de la Organización, el Uno y los Muchos". Si a ud. mañana le habla el gerente del banco y le dice: Hay un descubierto en su cuenta de $25.920 no le ocasiona el mismo sentimiento que si le digo que la misma cifra son sus respiraciones en un día, aunque tal vez en el día de mañana si el gerente le da dicha comunicación, ud. con lo ansioso que es, deje de respirar un porcentaje bastante importante de dicha cifra.." Y el muy experto, se sonrió por primera vez en la noche del Conciliábulo de la Embriogénesis Montonera…

VII

Después de concluido el "primer conciliábulo" –así lo denominó- quedamos en reunirnos el sábado siguiente. Había por mi parte aclarado que no era mi intención participar de una organización que tuviese por objetivo actividades reñidas con la ley, con actos contrarios a la democracia o al orden institucional. José de Verdad me dijo:"No es lo que supone. Armagedón, el Apocalipsis, no son actos contrarios al orden público o antidemocráticos. Nosotros estamos en cosas grandes, nos dedicamos al Macrocosmos. No andamos en chiquilladas, con el microcosmos de la politiquería burguesa local. Nosotros actuamos siguiendo un protocolo apocalíptico..",dijo como siempre muy suelto de cuerpo. -¿"Qué es eso de un "protocolo apocalíptico?"- pregunté sorprendido e intrigado. "- Es el reglamento que rige a la Gran Batalla. En cada lugar o espacio del planeta se realiza, digamos, eso que se conoce como "Juicio Final". De la misma manera que cada individuo es "enjuiciado", también lo son los pueblos o los países. Mire para que ud. me entienda en lenguaje jurídico: se juzgan tanto las personas físicas como las personas jurídicas, ¿comprende? Nosotros nos manejamos en el plano comunitario," -me contestó sin lugar a dudas en lo que decía, tal como si fuese un inspector municipal en plena actividad administrativa en una pollería...

Siguió adelante con el desarrollo del tema que nos convocaba, diciendo: " No hay gran proyecto que en un principio no parezca insensato, como dijo Goethe. Vamos a incursionar en la revelación de lo que llamamos "La Clave o La Llave Maestra del Cielo": El Arqueómetro".Y tomó una notboock, puso el término en el buscador y por medio de un cañón en una gran pantalla dispuesta sobre una pared de la sala, pude observar una imagen bellísima de un círculo, que, por su forma y colores, era mágico para mí. Una especie de mandala. Era la primera vez que lo veía. Una verdadera obra de arte geométrico.

"- Parece el calendario maya!", exclamé. "- Algo de eso se trata..."- contestó. En el sitio de internet podía leerse que ese objeto o círculo, considerado como una llave maestra, permitió a los antiguos egipcios estructurar el lenguaje, la religión

arquitectura, arte, música, poesía, plegarias, pintura. "-Se sabe de él–prosiguió- desde
1903 gracias a un tal Saint Yves d´Alveydre, un ocultista francés. De todas formas, fue conocido por todos los sacerdotes iniciados y maestros de la antigüedad. Pero siempre se le dio un uso e implementación relacionado con la vida cotidiana. Vamos a emplear esta herramienta como una verdadera "MAQUINA ASTRAL".
"Debemos construir un Arqueómetro adecuado a la finalidad de la APERTURA DEL GUSANO DEL TIEMPO, DE LAS PUERTAS DE LOS PLANOS Y UNIVERSOS PARALELOS. Para ser más exacto: del plano diecisiete..." dijo con la voz grave, concluyente y en forma terminante.
Mi cabeza había sido taladrada con conceptos cuya lógica no entendía. Es que mi lógica, la lógica de todos, había quedado en la vereda de la casa en donde me encontraba. En el interior de aquel salón de la inmensa mesa se respiraba una atmósfera de vibraciones diferentes, de locos. Y al llegar al tema de la "apertura de planos", realmente no podía menos que decir algo, aún cuando fuese una estupidez., total confiaba en que no se iba a notar."- ¿ Qué es eso del plano 17? ¿Me pueden explicar?" – pregunté decidido a correr para la misma dirección. "- El planeta tierra está rodeado por planos inmateriales, como universos paralelos, si ud. lo prefiere. Son infinitos. A nosotros nos interesa el 17 porque allí están quiénes debemos contactar.." "- ¿Ud. me quiere decir que va a contactarse con alguien que está en un universo paralelo?"- y como alguna vez oí que en las sesiones espiritistas estos se conectan con espíritus, repregunté: "- Pero, ¿quiénes son, seres extraterrestres o los espíritus de los muertos?", con cierta ingenuidad, si se quiere fue mi interrogación. "- Son nuestros hermanos y compañeros.."- me contestó. "- ¿ Tienen hermanos que fallecieron?"- agregué esperando acertar.
"- Son hermanos espirituales. Hermanos de la causa. Hermanos y compañeros de lucha, de la lucha por la Revolución, de la lucha por el Bien, por el reino de la Luz, de la lucha por el establecimiento de un Mundo Mejor ¿comprende ud. ahora?" "-Sí" -balbuceé dado que cada vez entendía menos. "Mire Dr.: el Gran

Tema es la construcción del Arqueómetro, para lo cual solicitamos su intervención, en lo que viene a ser la primera etapa de nuestro proyecto. La segunda, es la Apertura del Plano Diecisiete a través de la adecuada utilización del mencionado instrumento. Para esta última etapa no lo necesitamos; no está ud. obligado a participar o intervenir. Es libre de hacerlo. Si le parece, lo invitamos a presenciar el evento majestuoso, pero no está obligado", dijo casi con suavidad paternal.

Pero como a esa altura la curiosidad comenzaba a roer mis entrañas, pregunté:"- Pero no alcanzo a comprender lo siguiente: ustedes dicen que van a realizar la apertura del universo o plano 17, y yo me acuerdo –no lo tomen a mal, por favor-, de la serie televisiva Viajes a las Estrellas..." "- Siga adelante por favor, sin disquisiciones ni distracciones atento la complejidad y seriedad del tema que estamos tratando"- me interrumpió José de Verdad, encarrilando la conversación y haciéndome sentir a mí como el desubicado que decía boludeces entre sabios y serios conferencistas. Seguí adelante, y dije:"- Sí, está bien.. Pero entonces, supongamos que se logra abrir el plano, ¿uds.qué van a hacer? ¿ Pasan "para el otro lado"?- pregunté casi con cierto dejo de ironía. "- No Dr. "Ellos" vienen para este lado. Ellos pasarán para este plano.."- secamente y sin anestesia fue la respuesta que se dejó oír. "- No entiendo. Y discúlpenme pero también creo o pienso que me están tomando el pelo, en el peor de los casos, y en el mejor, no puedo creer que suceda una cosa de ese tamaño, por favor!"- dije como queriendo poner un poco de seriedad y raciocinio, y dando por terminado el tema. "- Dr. No reniegue ni se cuestione o se rebele o se proponga discutir las posibilidades del tema que estamos tratando. Vuelvo a decirle que nosotros sólo solicitamos la colaboración o participación suya en la construcción del Arqueómetro. Si este funciona o no. Si se abren o no los planos o universos paralelos, no es un problema suyo ni queremos discutirlo o cuestionarlo aquí y ahora. Por ello, no se preocupe, y sigamos adelante"- dijo poniendo orden a la discusión que sin quererlo yo había introducido. Pero como no quería quedarme con toda la intriga, seguí con el interrogatorio:"- Pero ¿quiénes son "Ellos? ¿qué vienen hacer?, ¿para qué quieren pasar?”- “- Evita, el Heroico Comandante Che Guevara, los desaparecidos y caídos en la lucha por la Liberación de la Patria”-, contestó con seguridad y certeramente José de Verdad, con la misma naturalidad como si me estuviese explicando donde queda la calle O´Higgins . “- Quéee??”- fue toda mi respuesta. “- Evita, el Che y para ser exacto 25.918 hermanos y compañeros que fueron desencarnados por los lobos miserables e hijos de las tinieblas que todavía pululan y dominan estas tierras, ¿ lo comprende mejor? Imagino que no. Es mucho para un sábado a la tarde”- contestó con sorna e ironía, pero la cosa iba tomando cierta claridad en medio de la oscuridad de quien se decía intérprete del único Chilam Balam que contenía día, mes y año de la batalla final (24 de diciembre de 2022); de los círculos mágicos, de la numerología y los alfabetos cósmicos. Las puertas sagradas eran la búsqueda y el objetivo y yo tenía que ayudarlos a construir la llave maestra que permitiese la apertura del portal del Cielo de los Héroes, como un día me dijeron en un tono poético, pero cierto y real. Nunca la poesía fue más real y concreta que junto a estos aventureros del Bien y de la Luz, como se jactaban no cáusticamente…

VIII

José de Verdad vino una tarde a mi oficina y me dijo que debíamos llevar adelante la ejecución del proyecto del Arqueómetro. Como primera medida había que contar con el espacio físico dado que por su tamaño (25 ms era el diámetro del círculo) y por lo peculiar de la empresa, debía ser un ámbito rural. El lugar elegido por sus características "energéticas", fue el Tres Picos, que es la sierra más alta del complejo de Sierra de la Ventana, en la Provincia de Buenos Aires. El recordaba, por comentarios que le hice, que yo había estado en el año 1992 con un grupo de personas y que tuvimos unas experiencias de avistamientos de luces y objetos no identificados. El armado del Arqueómetro debía efectuarse en cercanías de la primera cima del tres picos. Antes de llegar a las piletas, hay un pequeño vallecito, encerrado entre laderas rocosas, y ese fue el lugar adecuado para nuestra finalidad. El había estado con Mario en dos o tres oportunidades, realizando "el estudio de campo" y obteniendo ciertos datos que no explicó en detalle, pero que daban por sentado la existencia de "portales o agujeros de gusano" en toda la zona de esa sierra.

Dado que el Tres Picos está dentro de un campo de propiedad privada, mi misión era ubicar al dueño y obtener el arrendamiento desde la base a la cima y de 200 hectáreas

circundantes a la montaña.

Para ello disponía del generoso "socio capitalista" que resultó ser José de Verdad quien no escatimó sumas para tentar y lograr finalmente el arrendamiento. La finalidad del contrato y así se estipuló, eran estudios de tipo astronómico y debiendo ascender equipos e instrumental; también se convino que no se permitiría el acceso a terceros extraños, con lo cual disimulamos el traslado de los mismos y el despliegue del Arqueómetro.

Ambos personajes recorrieron diferentes países en búsqueda del material con el que debía llevarse a cabo la obra. Los colores y formas geométricas perfectas del círculo hacían que la luz fuese el material de mayor preponderancia, ya que su puesta en ejecución debía ser en horas de la noche. Por lo tanto, el láser fue lo más adecuado de acuerdo a las disponibilidades de la más alta tecnología. Particularmente para la composición de los doce triángulos. De tal forma habían adquirido un equipamiento de rayos láser de alta vanguardia con el cual podía hacerse el alejamiento y acercamiento de objetos o la creación de cualquier tipo de imagen o figura que pudiera previamente escanearse, inclusive añadiéndose audio. Había un equipo de 15.000 lúmens para exterior. Los rayos láser eran con tecnología RGB, desde luz ultravioleta, azul, verde, roja –con estos tres colores se podían hacer nueve colores distintos- e infrarroja. Los distintos círculos y figuras con letras o signos que están el círculo central y en el exterior, eran todo un desafío. Para ello Mario había sugerido "decroileds", que son placas iluminadoras con formato circular o cuadradas; se lograron adaptar; estas placas llevaban montados spots dicroicos o spots de lámparas de 150 y 500 wats, respectivamente; los mismos fueron armados en diferentes colores. También se utilizó el sistema de hair-gel + leds, para los distintos círculos, que se formaron con tubos plásticos huecos y transparentes, a los cuales se les agregó gel de diferentes colores, y dichos tubos, conectados eléctricamente a los generadores al encenderse se iluminaban dando un efecto asombrosamente deslumbrante.

"- Pero no pensaron en un pequeño detalle, compañeros: allí no hay luz eléctrica..." –

dije un día como queriendo demostrar que eran dos papanatas y el único racional era yo. Y en un galpón, que a tal efecto habían alquilado, me mostraron los generadores con baterías backup y paneles solares que tenían depositados, con lo cual el sistema se mantendría iluminado sin necesidad de red eléctrica pública alguna y la posibilidad de la iluminación nocturna estaba asegurada. Todo ello conectado a computadoras de última generación, que serían las que pondrían en funcionamiento el Arqueómetro.

Subir todo el equipamiento fue una proeza para lo cual se contó con la colaboración de militantes de la organización. Después de varias jornadas, se logró el armado del extraño objeto "llave del cielo", de conformidad al escaneado que obraba nocturnamente a través de una pantalla y que se proyectaba para su adecuada medición y control. Recuerdo haber oído por la radio local en aquellos días que otra vez andaban los visitantes extraterrestres surcando las sierras, ignorando el no menos extraño proyecto que llevábamos adelante. Un buen día se concluyó. Fue por la mitad de la mañana: "- Ya está!."-, fue la seca frase que dejó caer José de Verdad. Mario era todo sonrisa y satisfacción. Y fue entonces cuando José de Verdad, se me acercó, y me dijo: "- Dr. y compañero: La primera etapa fue concluida y gracias a su inmensa colaboración desinteresada. Quiero decirle que queda en libertad de acción. Aproveche las pocas horas que quedan para las fiestas. Y márchese nomás.."- me expresó con una sonrisa amable y de buenos amigos. Pero esa noche iban a probar si funcionaba o no el instrumento. ¡Ni loco me quería ir! "-No"- fue mi respuesta. "-Quiero quedarme. Si no le molesta, estoy tan compenetrado con todo esto que la puesta en funcionamiento quiero verla, saber qué ocurre, qué pasa, qué sucede con la "apertura".- agregué con entusiasmo. "- Mire que no sabemos si puede llegar a ser peligroso, si es que no funciona como nosotros esperamos y deseamos.. Pero en fin, usted decide."- Y decidí quedarme. La noche en las sierras suele, por lo general, ser fresca. Aquella de la puesta en marcha por primera vez del Arqueómetro, se nos presentó como una agradable noche de verano, fue el 23 de diciembre de 2022. Se calibraron los generadores y se encendieron. La computadora se encargó del resto de los dispositivos y el encendido de todas las luminarias se fue ejecutando hasta que en un momento dado la totalidad del Arqueómetro tomó cuerpo, se nos presentó real, tangible, vivo, era como ver una maravillosa construcción de luz, pero era algo más que una cosa, que una obra de arte y luz. Pronto comenzó a escucharse una música como un coro gregoriano, pero con una sonoridad especialmente mística, que sumado al entorno y a la maravilla que se presentaba ante nuestros ojos, realmente parecía cierto estar a " las puertas del cielo".

En un momento que no puedo precisar, ya que el tiempo parecía detenido, el Arqueómetro comenzó a tener un movimiento de giro leve al principio. José de Verdad estaba en un vértice superior del triángulo que daba hacia el norte, y Mario y yo, en vértices de ángulos que daban al oeste y al este, pero formando los tres un triángulo equilátero y desde un posicionamiento externo al círculo, y más elevado, de manera que teníamos una visión total de la superficie del mismo.

La velocidad de giro fue aumentando y nubes o vapores iban surgiendo del centro. Recuerdo que pensé que se estaban quemando los plásticos que contenían el gel. Y casi doy la voz de alerta ante el peligro que ello suponía. Pero me detuvo aquella prevención que José de Verdad y Mario Montonero me habían dado: "-Por nada del mundo, por nada que suceda, así desaparezcamos los dos, se le ocurra hablar, decir o hacer cualquier cosa. Ni un gesto, ni un movimiento. Si se queda tendrá que hacer lo que le digamos. El lugar que deba ocupar lo tendrá que ocupar hasta el instante que le digamos qué hacer, ¿ lo entendió?. No moverse. Ni un gesto, ni un sonido, ni si quiera pensar. Sólo mirar"-. Así que frente a lo que parecía un vapor o neblina que iba surgiendo y cubriendo la masa o superficie del Arqueómetro, tornábase la luminosidad de un azul celeste para confundirse en un verde turquesa o esmeralda. Y esas nubes se desprendían hacia lo alto pero a no más de unos diez o quince metros y giraban ahora también, como si se fuese formando una tromba o un trompo y la música de los coros gregorianos parecían también envolver todo ese espectáculo. Sentía que el vertiginoso movimiento que observaba, iba a poder con mi estabilidad, y que el mareo y posterior desmayo bien podía ser lo que aconteciera de un momento a otro. Fue cuando creí estar perdiendo el conocimiento que todo se detuvo, y como si una pantalla se abriese en el aire mismo. Se había abierto un hueco a otro mundo. Era el ingreso a un túnel, pero luminoso: un inmenso hueco de una intensa luz blanca
amarillenta; era como ver una película en el aire mismo. El espacio, abierto, como si le hubiesen hecho una herida, y otra dimensión comenzaba a visualizarse; la luz se estiraba, por decirlo así, hacia adentro de ese túnel que iba creándose o iluminándose por obra de esa misma luz blanca amarillenta. En un momento que no pude precisar la luz fue disipándose, y apareció ante nuestras vistas un paisaje de montañas, un cielo celeste, bosques y un camino o sendero que se iniciaba en el mismo comienzo de ese hueco o portal abierto sobre el Arqueómetro. Yo estaba hipnotizado, absorto. Era magia, era increíble, pero no podía pensar. Sólo mirar:

ver para creer, había sido por siempre la consigna del hombre en estos temas, y allí estaba un cielo celeste y un

paisaje del "más allá", en medio de la noche serrana del tres picos, en un hueco abierto al espacio, allí mismo, frente a nuestros ojos. En otro instante y de golpe, toda esa visión se esfumó. Y el Arqueómetro también fue apagándose hasta que la luz de las estrellas fueron toda la iluminación que nos envolvió.

IX.

Cuando pedí explicaciones sobre la Gran Visión, José de Verdad dijo que era algo más que la abertura de los "velos de Isis". Es la visión de un plano o dimensión paralelo al nuestro. Esta noche será mayor y más espectacular lo que vamos a presenciar. Mire, voy a tratar de ser, como es mi costumbre, directo y lo más sintético posible ya que la "hora", el "tiempo" así lo exige: se trata de la **Resurrección** ,que desde ya le anticipo, nada tiene que ver con la reencarnación, aunque algunos las confunden, asimilándolas. La creencia de la resurrección de los muertos fue considerada como fundamental en el judaísmo tradicional. Esta creencia distinguió a los saduceos de los fariseos. Los primeros la rechazaban, en cambio los segundos sostenían que la resurrección de los muertos sucederá en la era mesiánica. Cuando llegue el Mesías iniciará el mundo perfecto de paz y prosperidad, **los justos muertos serán vueltos a la vida y se les dará a experimentar el mundo perfecto que su justicia ayudó a crear. Los malos no resucitarán.** Y así se sostiene en diversos pasajes de la Biblia pero es con Jesús que quedó afirmada y probada..Y en el Apocalipsis se menciona la primera resurrección: la de los que hicieron el bien en la tierra. Bueno, ese momento, ese día es hoy. Pero ese mundo de paz debe ser logrado por la justicia. En el Sermón de la Montaña, tal vez la pieza más bella y donde se resumen sabias enseñanzas del Maestro Esenio Jesús, hay una bendición que dice:"Bienaventurados los que tienen hambre y sed de justicia porque ellos serán saciados." Quienes han luchado por un mundo más justo, de paz y de hermandad, de igualdad entre los hombres, sin privilegios de sangre, de falsos honores, ni de castas ni de clases sociales y a causa de ello, los poderosos de la tierra los han matado; quienes han desaparecido o han sido torturados con las vejaciones más aberrantes, quienes han muerto por un ideal de redención humana; quienes han sufrido la injusticia de vivir en la pobreza y la explotación viendo morir a sus hijos o a seres queridos de hambre y de las enfermedades que la miseria trae consigo, ¿ no van a querer saciar su sed y hambre de justicia cuando los mismos que los mataron, torturaron, desaparecieron, explotaron y robaron, no sólo sus vidas y sueños, sino también sus hijos, siguen dominando en la tierra, son los dueños del poder??? ¿ acaso no es saciar ese hambre y sed de justicia la resurrección y una gran batalla para vencerlos definitivamente y enviarlos al Sheol –esa palabra de origen desconocido que designa las profundidades de la tierra a donde bajan los muertos?? Entonces, aquí el Arqueómetro abrirá las puertas a los Bendecidos para saciar su hambre y sed de Justicia..Somos 25.920 -el mismo número de años que tarda el Sol en recorrer cada uno de los signos del zodíaco y volver al punto de partida-. También hoy, en otros lugares, resucitan y descienden otros dispuesto a imponer la justicia a aquellos que no quisieron cambiar a tiempo. Ahora es la hora de los justos y del Armagedón. Luego será el tiempo de la toma de posesión de ese Mundo Mejor prometido desde los tiempos de los profetas y por el cual lucharon todos los revolucionarios", dijo José de Verdad.

Y llegó la noche y la hora establecida de aquel 24 de diciembre de 2022, y otra vez se puso en funcionamiento los equipos que daban vida a "la llave mágica que abría las puertas del cielo". Y nuevamente se presentó ante nuestros ojos la imagen del camino que serpenteaba un frondoso bosque, que parecían pinares, pero de un verde y un brillo que jamás ví en nuestros paisajes. Ese camino, se elevaba y se perdía luego de una cuesta. En medio de un sonido de trompetas angelicales alcanzo a ver unas figuras, de blanco, como si fuesen lumínicos. No visualizaba rostros por la distancia. Eran varios. Descendieron y se detuvieron. Una figura que parecía más alta que el resto y majestuosa, junto a otros, saludó a lo que parecía un grupo, despidiéndose. Y el de mayor importancia, junto a sus acompañantes, emprendió el regreso hacia la cuesta de ese sendero. El grupo restante siguió avanzando en dirección al portal abierto por el Arqueómetro. En todo momento recordaba el pasaje de la Parusía que dice **"cuando se de la señal por la voz del Arcángel, el propio Señor bajará del cielo, al son de la trompeta divina. Los que murieron en Cristo resucitarán en primer lugar".** Luego sabría que ese "murieron en Cristo", debe también entenderse por los que "murieron por ese Mundo Mejor por el cual todos los justos, al igual que Jesús, también soñaron, lucharon y dieron sus vidas". Cuando estuvieron a escasa distancia del cruce, distinguí rostros y figuras, y en medio de la paz sublime que nos invadía, no pude contener la emoción que la situación me provocaba, máxime que soy medio llorón, cuando de pronto veo a Evita con un trajecito blanco, su rubio peinado inconfundible, su rostro brillante y juvenil, sonriente, tomada de la mano de quien identifiqué en seguida como Azucena Villaflor, a quien secundaban otras mujeres, entre ellas "la Gaby" Arrostito. Del otro lado de Evita, venía el glorioso, el gran Comandante Che Guevara, con su uniforme y boina, y una sonrisa de alegría, compartida por otros compañeros que estaban junto a él, y entre quienes pude distinguir al querido e inolvidable Néstor, a Rodolfo Walsh, junto a su hija Vicky y al padre Carlos Mugica; también venían Carlos Ramus, Fernando Abal Medina, Capuano Martínez, el Negro Sabino Navarro, Roberto Quieto, y varios más. Todos, mientras estaban del "otro lado", se los veía con vestimenta blanca lumínica, brillante. Como si fuesen seres de luz. Cuando atravesaron el portal y pisaron el suelo serrano, salvo Evita, cuyo trajecito siguió siendo blanco, el resto de las vestimentas tornáronse de color azul. Excepto el padre Mugica, Angelelli y las monjas francesas- los restantes vestían uniformes militares, como el que usaba el Che, pero reitero, color azul. Los abrazos con José de Verdad y Mario Montonero fueron llenos de efusividad, como cuando se encuentran amigos que hace tiempo que no se ven. Conmigo fueron presentaciones:"Un compañero y hermano en la causa en este plano", expresó José de Verdad. Y así me abrazó y besó Evita. Sus ojos todavía invaden mi alma y me llenan de su fuerza y energía. Algo similar aconteció cuando estreché la mano del Che y oí sus palabras:"¡Hola compañero!!", fue como si diez mil voltios cargaran de energía mi cuerpo y mi espíritu.

En un instante que no puedo precisar, siento que me palmean la espalda. Me doy vuelta, y veo un rostro envuelto en una gran sonrisa, como era su característica más personal e inolvidable para mí y para todos los que lo conocimos, todo en él reflejaba alegría, en particular sus ojos. Era el querido Jorge Ronchestein y nos confundimos en un entrañable e intenso abrazo.

"- ¿Cómo estás compañerooo?"- exclamó en medio de risas mezcladas con algún lagrimón.. Un querido amigo de mis años juveniles, allá por el verano de 1972/1973, él era ya el responsable máximo de Montoneros en la Juventud Peronista (JP) y en la Juventud Universitaria Peronista (JUP) de Bahía. El fue quien me convenció en aquel entonces que el Socialismo Nacional era posible de alcanzar a través del Movimiento Peronista. Que el viejo Perón no nos iba a dejar de lado… Durante aquel verano previo al acto eleccionario del 11 de marzo de 1973 fui con él de un lado a otro. Pintamos el paredón de la calle Chiclana al fondo, junto a las vías del ferrocarril con aquella consigna que fue bandera de la propaganda proselitista:"CAMPORA AL GOBIERNO, PERON AL PODER". Junto a otros compañeros le dimos a las brochas pegando los carteles del querido Tío y del Solano "Montonero"… Allí estaba Jorge, de quien muchos, muchos años después, me enteré que había caído junto a su compañera en el gran Buenos Aires. Allí estaba, y a su lado, pude distinguir a Zulma, a Mónica, a María Eugenia y su compañero y toda una columna formada por los caídos y desaparecidos en la Negra Bahía, como gustaba decir José de Verdad. "- Vení "- me dice, apartándome, y me lleva hasta unas filas atrás de esa columna, y señala una compañera:"- Mirá quien está ahí!"- y no podía creer lo que mis ojos veían aunque a esta altura ya nada podía ser increíble o inverosímil. "_Patricia!!"- me salió de los labios y la gorda querida, -a quien de alguna forma, debo el hogar que formé en esta vida, ya que acerté a ir a su cumpleaños de 15, éramos vecinos, y allí conocí a quien luego sería mi esposa, eran compañeras en el Colegio La Inmaculada-, se dio vuelta y abrió sus ojazos y su boca en una expresión de una "ó" gigante: "-José Luis!!!"- gritó en la noche mágica y nos besamos y abrazamos como dos chicos, como dos hermanos que se reencuentran después de una vida y de una muerte…

Por Jorge supe que él, junto con la columna que encabezaba, se dirigían hacia Bahía, y de verdad que estaba muy ansioso por ir, por volver. Tomado de la mano de su compañera, me sonrió y me dijo "-Gracias!, a través tuyo quiero hacer llegar a todos los compañeros y compañeras que nunca claudicaron a pesar de la noche que les tocó vivir a quienes se salvaron del horror…"

El Che, los comandante montoneros y de otras organizaciones, como el queridísimo Robi Santucho, junto con su compañera que fuera fusilada en Trelew, Evita, José de

Verdad y Mario, encabezaron el grueso de las columnas hacia Buenos Aires.

La forma y manera de llevar a cabo esta lucha era singular. Cada uno tenía un listado de nombres a quienes debían llevar al Sheol. El resto de los vivos que no estaban en los listados, fueron los "arrebatados" que "durmieron durante los tres días del oscurecimiento". Antes de tener que entrar yo en el sueño de los tres días, Azucena Villaflor, Rodolfo Walsh, Vicky, Haroldo Conti, Paco Urondo, Santoro, las dos monjas francesas Alice Domon y Leonie Duquet, el padre Angelelli y Carlos Mugica, Patricia, María Eugenia y su esposo y otros compañeros, nos reunimos en un círculo, sentados entre las piedras y rocas iluminados por el Arqueómetro, y Rodolfo Walsh, que estaba a mi izquierda, con voz suave, me preguntó:"- ¿ qué lugar es éste?"-, y le expliqué que estábamos en Sierra de la Ventana; miraba deslumbrado todo el entorno. Y asintió con el rostro, con una leve sonrisa de satisfacción y sorpresa a la vez. "- Está preso.."- respondí a Walsh y Vicky cuando me habían preguntado por el genocida Alfredo Astiz, quien supongo, estaba en varias listas, pero seguro, en el listado que Rodolfo miraba atentamente, como quien va escudriñando historias y recuerdos de otra vida. Carlos Mugica pidió que todos oráramos el padre nuestro. Cosa que hicimos y fue una sencilla pero sentida y mística ceremonia de campaña junto al Arqueómetro.

Concluido el rezo, dio un pequeño sermón y previo recuerdo de su Meditación en la Villa, aquella hermosa oración que dejó a sus queridos villeros, agradeció a Dios y a Jesús en nombre propio y de todos aquellos que, muertos por los pobres y desheredados de la patria, habían vuelto a este plano diciendo:"Gracias Señor por habernos dejado morir por ellos. Gracias Señor, porque estamos nuevamente con ellos a la hora de la luz. Ayúdanos Señor a cumplir la Misión y que se haga tu voluntad y no la nuestra."

Allí estaban los que habían vivido para otros y cuyas muertes habían sido gloriosamente suyas, como dijo Walsh en la carta que escribió al morir Vicky, pero ahora estaban orgullosamente renacidos por ser justos.

FIN

A continuación, se agregan los documentos que José de Verdad permitió leer al suscripto y darlos a conocer.
La transcripción corresponde a los tres documentos cuyos títulos son:" El Más Vasto de los Interrogantes", "La Solución al Gran Problema" y "Comienza el Tiempo del Mundo que Termina". Parecen elaborados como respuesta a un mail de una tercera persona, desconocida para mí. No sé, ni quise preguntar, quién es la persona a quien responde, pero lo cierto es, que el desarrollo supera a una simple respuesta. Más bien, parece que el mail fue un disparador de las doctrinas e ideas en que se apoyaban y descansaban los pensamientos y las extrañas acciones de don José de Verdad.

El mas vasto de los interrogantes

El viernes, cuando leí tu filosófico mail sobre lo que somos, sobre el ser y la nada, como dirían los existencialistas, la verdad, era el fin de de la tarde y dado que veníamos de catalepsia en catalepsia, realmente, lo único que atiné fue a tomar "las flores de tu mensaje", oler su perfume y no profundizar en los sesudos conceptos que traslucían las demás palabras.
Hoy –a pesar de que estoy como el lunes, expresión con la que me saludó un conocido ante mi:"- hola!, ¿cómo estás?"- "-Como el lunes…"- me respondió secamente. Obviamente, era lunes-, y dado que he realizado mis tareas más urgentes, me tomo un respiro y releo dicho mail.
En verdad que se las trae. Creo que responde al título de tus reflexiones. En otros términos, es el "conócete a ti mismo y conocerás a Dios", que mandó Jesús, y que resume en tan pocas palabras, toda la ciencia del alma y todos los misterios y enigmas que han debatido por miles de años al ser humano, desde que comenzó a pensar con lógica y se lanzó en la búsqueda de la verdad.
Por eso, con honestidad intelectual, tu mail dice: "…somos lo que NO sabemos, lo que NO entendemos, lo enigmático…".

Las ciencias ocultas, aquellas que desde lo más remoto de la historia, fueron almacenando y transmitiendo a seres elegidos, a lo largo de los siglos y siglos, perdiéndose en la oscura noche de los tiempos, los conocimientos esotéricos, respondían las grandes incógnitas sobre el ser de las cosas, de los seres y su raíz divina.

Todos los grandes genios de la antigüedad habrían sido iniciados en dichos conocimientos ocultos. Pitágoras, Sócrates, Platón, hasta los modernos genios y grandes hombres públicos, siempre fueron rodeados de ese halo misterioso que les otorgaba el privilegio de contar con ciertas respuestas y verdades que los hizo grandes. "Sólo la verdad os hará libres", decía Jesús a quien quisiera escucharlo, y en el conocimiento esotérico, dicha verdad es la que corresponde a los saberes que detentan esas ciencias, como secretos sólo develados a los iniciados. Esos conocimientos esotéricos, están siempre detrás de todo pensamiento religioso que se precie de tal: los conocieron y conocen los Lamas, esos sacerdotes o monjes que encerrados en sus templos del Tibet, cuentan con las sagradas enseñanzas en sus milenarias bibliotecas, o al menos contaban hasta la invasión de los chinos comunistas que destruyeron muchos lamasterios. También los poseyeron los Esenios, los sacerdotes druidas, etc. etc.

Se dice que el gran matemático Isaac Newton era iniciado y buscaba la piedra filosofal, como buen alquimista que lo fue. El propio Einsten, si nos tomamos el tiempo de leer algunos de sus más preclaros pensamientos filosóficos, notaremos que era un humanista pero que conocía algo más que el simple humanismo exotérico, y que por el contrario, en sus palabras se encierra el enigmático esoterismo que tiene sus códigos y llaves maestras que permiten a veces, desentrañar y distinguir el mensaje trascendente y universal que estos hombres, verdaderos guías de la humanidad, siempre transmiten a nosotros, pobres y enanos mortales.

Pero tu mail es una piedra preciosa que has tirado a las aguas profundas del conocimiento. Quiero decir que invita a bucear en búsqueda de respuestas, adentrándose en lo insondable, hasta donde hoy día es tan poco común, tanto que, si expones estos temas en forma pública, te arriesgas a que te cataloguen de "rara avis".

Dos temas que las generaciones de los años 60 y 70 del siglo pasado, ahondaron como cuestiones del diario vivir y que están íntimamente relacionados porque ambas temáticas pretenden un cambio: una, el hombre; la otra, la sociedad, la comunidad. El Che decía, al igual que Jesús, que solamente la Revolución sería triunfadora, alcanzaría sus fines últimos, si hacía del hombre un hombre nuevo. Un hombre con otros valores, con otra mística, con otros fines superiores, altruistas: un hombre hermano del hombre en contraposición a este hombre lobo del hombre que hoy vemos que construye esta sociedad capitalista y consumista.
Desviándome un poco –pero no tanto- es como dice Fidel (el 4/8/07, hace apenas unos días):" Nuestra filosofía, basada en la prioridad del desarrollo intelectual del hombre frente a la moderna civilización occidental, que apuesta por los bienes materiales y mide el éxito con mansiones, yates y restaurantes. Nuestra misión es reorientar el mundo hacia la justicia y el desarrollo intelectual y espiritual". "Son inconciliables con la supervivencia de la especie. Háganse todos los cálculos posibles y se verá que los recursos naturales, el espacio, el clima, el tiempo y el sistema, al paso y en la dirección que llevan, no pueden arrojar otro resultado".
Esas generaciones, querían cambiarse a si mismas y cambiar al mundo. No pudieron lograrlo. El conocimiento de uno mismo para alcanzar luego el cambio del entorno, es un camino difícil, sinuoso; a veces se avanza, y a veces uno se queda. Otras, se retrocede, y luego se vuelve a retomar el camino. Lo cierto es que "quien bebe del agua divina", ciertamente, no lo olvida y más tarde o más temprano, se vuelve a las fuentes…
Como decía Jesús, en parábolas, cuando recordaba que el conocimiento espiritual es semejante a la semilla: esta tiene que caer en tierra fértil. A veces, puede estar sembrada durante mucho tiempo y no germinar. Se tienen que dar ciertas condiciones que, sumadas todas ellas, determinan el nacimiento y crecimiento.

Pero el contenido de tu mensaje toca esa sonata que alguna vez alguien denominó **"El más vasto de los interrogantes"**. Interrogantes que hoy pocos o casi nadie vemos que se cuestione o se atreva a hacerlo. No lo vemos en la programación de la televisión. Al menos, no creo que tuviese el éxito y rating del caño de Tinelli o de Gran Hermano, por dar dos ejemplos. Tampoco vemos que sean temas que convoquen a mesas y charlas. Hablar de la vida después de la vida, de quiénes somos, por qué estamos, para qué estamos aquí, de dónde venimos y hacia dónde vamos, etc. etc., no serán bien vistos o tratados con igual aceptación por todos nuestros seres queridos o no tan queridos. Son cuestiones que suponen tener que bucear y en las profundidades hay misterios ocultos, da miedo, temor, pueden existir monstruos, que como pesadillas, nos perseguirán o asustarán. Todos se preguntan: "-¿Para qué bucear e ir a ese mundo de profundidades llenas de misterios si estoy bien tranquilo aquí, en la superficie? Eso es para otros…Yo no estoy preparado aún. Ya llegará el momento…"

Sin embargo, "el tiempo es llegado", ese tiempo del que hablaron los Maestros. Es cuando se produce la sumatoria de condiciones que despiertan a la semilla. Mientras tanto, grandes mayorías dicen: sigamos con el caño de Tinelli o con gran hermano y con todo el resto del mundo de superficie. Pero, ¿es tan así? ¿Somos sinceros cuando nos conformamos con estas respuestas?. Pareciera que sí. Y también creo que se es cobarde y cómodo. Sobretodo cuando se ha despertado, cuando el individuo no puede decir: "el sistema es el que me lleva a vivir así, sin cuestionar ni tratar de cambiar nada de lo que soy ni de lo que me rodea".

En 1931 y 1938, la editorial norteamericana "The Inner Sanctus", publicó unas interesantes confesiones intelectuales sobre el siguiente tema: "Nos complacería obtener de usted una síntesis de su credo personal, o en otras palabras, del último estado de su pensamiento con referencia al pequeño número de esos grandes problemas, o mejor, de esos misterios que siguen conmoviendo el espíritu de todos los hombres". Un hermoso tema, como ves. Y fue entonces Jules Romains, a quien se solicitó una respuesta, y el escribió un **"intento de respuesta al más**

vasto interrogante", que fue publicado por la Nouvelle Revue Francais, en julio de 1939.

¿Dónde estoy con respecto al conjunto de las cosas? ¿Cuál es la perspectiva que adopta el lector frente a dicha pregunta?, se cuestionaba Louis Pawels (Planeta). ¿Cuáles son nuestras convicciones íntimas, nuestras dudas esenciales y nuestras opciones? ¿Tenemos proposiciones que formular? ¿Cuáles son?

En la respuesta que se solicita hay que sincerarse, y no acudir a los credos políticos o religiosos para apoyar el contenido de la misma. Se requiere amplitud del pensamiento, renunciando a las ventajas de lo inexpresado, para no caer en meras trivialidades, o lo que es igual, en la falta de pensamiento. Habrá que pensar seriamente. Nada menos! Que es lo que propone tu mail, como ves.

Alguien dijo una vez **que se siente una amargura mayor cuando se falta a una cita consigo mismo que cuando uno se juzga decepcionante en ella.** Es lo mismo que el temor a las profundidades del buceo espiritual: no es un buen pretexto rehusar interrogarse sobre el conjunto de las cosas y sobre la propia visión del mundo, sabiendo, como es natural, que ella sólo puede ser fragmentaria, relativa y susceptible de variación, ya que, finalmente, como dice Jung: "No se puede ver al mundo sin verse a sí mismo como se ve al mundo; para ello es preciso un gran valor".

Aquel maravilloso francés decía que al tender una mirada más allá de nosotros mismos, tendemos a meter la mano en engranajes y a pedir socorro. Denunciamos lo que no funciona. Algunos parecen el perro de André Bretón, que aunque detestaba a los visitantes no osaba morderlos sin razón; deslizaba la pata sobre los zapatos para tener un pretexto. Es que el pesimismo, aún el más radical, es necesario. Ayuda, a veces, a esclarecer a los más optimistas.

LA SOLUCION AL GRAN PROBLEMA

Y como siento haberte defraudado en lo que en verdad pienso sobre los grandes enigmas o los más vastos interrogantes, apelaré, a fuerza de resultar pesado y larguero, al genial Chesterton. Refiere este escritor inglés que "un tal Smith va a dar un paseo y se detiene ante la vidriera de una librería al ver allí un volumen titulado **La Solución del Gran Problema.** Smith se entusiasma si advierte que el libro trata de un problema policial; se apasiona si comprende que el problema es de ajedrez, y entra en trance si comprueba que esas páginas traen la solución de las palabras cruzadas publicadas la semana pasada en "El pequeño curioso". Pero si le dicen que el libro resuelve el problema de Smith, que explica las piedras que tiene bajo sus pies y las estrellas que brillan sobre su cabeza, y que le revela la razón por la que le agradan las novelas policiales o el ajedrez, si Smith se entera de que este libro explica a Smith, podemos asegurar entonces que no lo comprará, pues pensará que es una obra aburrida. Yo no lo creo así, aunque tal vez padezca de un prejuicio democrático. Creo que Smith prefiere los problemas de palabras cruzadas a los problemas filosóficos porque los primeros son mejores. Se comprende también que prefiera la novela policial a las metafísicas modernas porque existen excelentes novelas policiales modernas, pero no buenas metafísicas. En síntesis, comprará **La Solución al Gran Problema** si el libro se refiere a un crimen en Berkeley Square, porque está seguro de que allí encontrará efectivamente la solución del problema. Pero no lo comprará si el volumen trata de los misterios de la existencia, porque temerá verse defraudado. Y tendrá mucha razón. Pero si pensara por un momento que ese libro resuelve realmente dichos misterios, yo creo que caminaría veinte kilómetros para conseguirlo".

Ahora sonríe, aunque sea con una mueca. Lo importante es que la expresión sea auténtica. La inteligencia que no sonríe incuba la tontería. Alguien dijo que "por una especie de prejuicio literario se estima demasiado a los tristes". Espero no haber defraudado demasiado, ya que no he dado con las respuestas. Tengo más preguntas que respuestas. Raymond de Becker se cuestionaba: "¿A qué puede

corresponder el cristianismo (podría cambiarse hoy la etiqueta por la revolución, etc.) en este siglo y por qué sus fieles no viven de otro modo que los no creyentes?".
Al final ¿es todo vanidad?

COMIENZA EL TIEMPO DEL MUNDO QUE TERMINA

"Las grandes preguntas requieren grandes respuestas. Aunque a veces la grandeza suele esconderse en la aparente pequeñez con que se nos presenta la síntesis. El poder que encierra la síntesis sólo los genios son capaces de expresarlo. En eso Jesús es el más grande. Toda su enseñanza suele resumirse en parábolas. Lo que a otros les lleva uno o varios tratados o bibliotecas enteras, el dulce nazareno las compendia en oraciones. Sus palabras son o contienen el poder del "ábrete sésamo". Pero sin embargo, no nos bastaron.
Para los intelectuales, son demasiados sencillas. La incomprensible metafísica alemana resulta mucho más complicada y elevada, de tal forma que es inaccesible a las mentes y espíritus pobres. Esta parece ser la consigna en el mundo de "los sabios" contemporáneos: cuánto más complicada y engorrosa sea la explicación, mejor. Pocos podrán entender. De esa forma se cumple con el pensamiento prevaleciente en nuestro sistema egoísta y elitista.
Cuando uno piensa que la Iglesia Católica se disculpó con Galileo Galilei hace uno pocos años por intermedio de Juan Pablo II, y que, entre nosotros, el cura Von Wenrich asistía a los torturadores, tratando de convencer a sus víctimas de que era mejor que confesaran..., todas las preguntas y las posibles respuestas que uno pueda hacerse parece que Jesús lo vislumbró cuando le dijo a la samaritana: "Adoráis lo que no conocéis; nosotros adoramos lo que conocemos". Por supuesto, que ese nosotros no es la iglesia católica. Era El y sus íntimos seguidores de aquel entonces y por cierto, la comunidad esenia. Y si hoy regresase a la tierra

tendríamos que reemplazar el término samaritana por el de cristiano o católico o simplemente ateo o materialista…

Pauwels decía que el gran problema era que la revolución técnica o tecnológica, operada por el hombre, hereda un mundo que no es totalmente contemporáneo. Científica y tecnológicamente estamos en el futuro. Pero desde el punto de vista del pensamiento y de la moral, somos tan involucionados o primitivos como el hombre de neardental.
No cabe discusión en cuanto a que las diferencias de mentalidad, organización y equipamiento se cuentan en siglos. Hoy la edad de bronce coexiste con la edad de la electrónica y la computadora.
No se operó la revolución en el campo de las ciencias sociales y humanistas que sí se dio en el campo de las ciencias duras.
A manera de ejemplo: nuestros políticos y opinólogos de la política, mencionan como si fuese un pensador contemporáneo a Maquiavelo, quien vivió en la Edad Media, aunque se lo considera como un adelantado del Renacimiento.
¿Acaso en las matemáticas se manejan con Galileo como si fuese un pensador todavía no superado?
De estas diferencias podría abundarse en páginas y páginas.
"En la actualidad –supo decir Oppenheimer- vivimos en un mundo donde los poetas, historiadores y filósofos se enorgullecen en decir que no desearían ni siquiera encarar la posibilidad de enterarse de lo que se refiere a las ciencias; ven la ciencia en el extremo de un largo túnel, demasiado largo para que un hombre prevenido meta en él la cabeza. Nuestra filosofía –si es que tenemos una- es, en consecuencia, francamente anacrónica, completamente inadaptada a nuestra época".

"Hay una notable disparidad en el grado de percepción y conocimiento de las cosas y de las reglas de la vida o convivencia, y de ahí surgen las dificultades que

impiden que los resultados de la revolución científica y técnica sirvan para el beneficio de TODA LA HUMANIDAD.
Como diría Jesús: "Todo es vanidad, todo es egoísmo. Se cumple con la regla de oro del sistema que los que más saben y los que más tienen, deben imponerse sobre los que nada poseen, es decir, los pobres de espíritu, los mansos, los humildes y sencillos.
Hace falta una **UNIFICACION** que permita equilibrar la revolución científica con los resultados de la revolución del pensamiento, esto último, entendido como la revolución que ha de darse desde un punto de vista moral y espiritual en el hombre: una verdadera revolución cultural.
Ninguna humanidad racional, técnica y científica (materialista en grado superlativo) es capaz de durar. Puede terminar por accidente; por desaliento o por desinterés de sus élites. Aunque lo más seguro es que puede terminar por rebelión de los pueblos.
Por lo tanto, para poder atender a la respuesta de los grandes interrogantes y avanzar en el desarrollo intelectual y espiritual, es necesario, en consecuencia, una convergencia de todos los impulsos (científicos, técnicos, políticos-revolucionarios y religiosos), y ello depende de nuestra lucidez y voluntad. Depende de una actitud que se resume en el concepto de generosidad y para ello hace falta mucho valor. Y la confusión es la que reina en este ambiente socio-espiritual de nuestro planeta. Y ello porque le falta un soporte filosófico humanista".

"Ha sido dicho que una sociedad puramente administrativa, en la cual lo esencial consiste en la correcta gestión y distribución de los bienes, reemplaza al SABER y a la JUSTICIA, así como el TENER reemplaza al SER. No se trata de que nos repartan la comida y los bienes como si alimentáramos a nuestras gallinas o mejor, a nuestras mascotas. Cuando alimento a mi perro y sólo le cambio el agua y agrego el alimento balanceado a su tachito, y me voy sin hacerle una caricia, me mira como esperando algo más, y si ese algo más no llega, casi no se alimenta.

Cuando atiendo esa necesidad cuasi humana (espiritual? animista?) su apetito es el normal. Pareciera que se logra un equilibrio anímico-corporal o fisiológico.
Vale decir, que el sueño de los tecnócratas de que una correcta distribución es primaria y fundamental, no parece ser lo que la realidad ha demostrado. Los nefastos 90 y los resultados del neoliberalismo en el mundo son una muestra o botón suficiente –aunque su sentido de la corrección fue el siguiente: más pobres y mayor pobreza en los que ya eran pobres, y menos ricos pero con mayor riqueza, lo cual parece ser el síntoma que a nivel global se intenta desde las corporaciones del gran imperio.
Nietzche (sí contradictoriamente, porque fue fundamento del nazismo, pero dijo algunas verdades dignas de ser analizadas), denunció la decadencia de los tiempos modernos. Los valores del dinero, de la política, de la ciencia, son a su juicio contrarios al único y verdadero valor que es la VIDA.
La vida, es decir, la potencia de la creación, está sumergida por la civilización de la grey, por la vulgaridad de las masas, por la servidumbre económica, por el conformismo moral, por la erudición marchita y estéril. Nietzche establece el diagnóstico biológico de su época: astenia, debilidad, impotencia.
Esta decadencia deja, empero, subsistir una esperanza: **la ley del retorno eterno debe proseguir su proceso circular y restablecer la fuerza y la vida.**

El pensador francés Paul Valery, a principios del Siglo XX, a propósito de la crisis del espíritu –que no otra cosa estamos analizando-, decía que el progreso de las comunicaciones tiene por objeto amontonar y apretujar a las naciones, las unas contra las otras, a la vez que torna a la humanidad, en su conjunto, más densa, más compacta, más solidaria –esto último por aquello de que la necesidad tiene cara de hereje. Ya no existen acontecimientos locales; todas las guerras amenazan en convertirse en guerras mundiales. Y agregaba:**"Comienza el tiempo del mundo que termina".**
Podría decirse entonces, que estamos viviendo algo más que el comienzo del fin. El se preguntó qué hacer entonces. Valery, amante de la belleza pura, se refugió

en su creación poética. Pero, ¿ y los que no sabemos ni interpretar una buena o mala melodía, ni componer un mediocre poema, ni pintar siquiera una pared??

Según Heidegger, el hombre intelectual es, intelectualmente hablando, como un viajero que se ha extraviado; tiene que desandar el camino recorrido hasta el cruce inicial y así poder tomar el que corresponde. Este cruce de caminos inicial –este pensamiento original- es el de los filósofos presocráticos, hace dos mil quinientos años, cuando el pensamiento rico y viviente, dentro de su unidad, todavía no se había quebrado y pulverizado en las diferentes disciplinas. Heidegger propone, en consecuencia, un **renacimiento** a partir de retomar el diálogo con los primeros pensadores griegos.

Vivimos inmersos en una civilización donde la "barbarie científica" y el capitalismo salvaje se han impuesto y dominan los destinos de la humanidad. Pero han juzgado mal a la naturaleza. Han creído dominarla también. Pero el cambio del clima, la reacción aguda que el planeta parece acusar –como si fuese, al decir de los antiguos, un ser viviente- a puesto en tela de juicio ese dominio del mundo, de la vida y de la muerte con que la soberbia del hombre se mostró –hasta hoy- con la aparente dominada natura y madre tierra. Como dirán nuestros hermanos del norte andino, "la pacha mama" se rebeló.

En enero último (2007), se alzaron voces de algunos científicos que reunidos en Londres, adelantaron en dos minutos **El Reloj del Juicio Final.** Así se llama. El mismo fue constituido convencionalmente en tiempos de Albert Einstein, después de la explosión de la bomba atómica y frente al peligro de la carrera armamentista en que el mundo se había precipitado en los tiempos de la guerra fría. En aquel entonces dijeron que estábamos a cinco minutos del final. Ahora se adelantó en dos minutos... Y fue una noticia, por lo que uno ve ahora, sin contenido ni significado. Nadie se acuerda porque nadie reparó en ella. Y estaba en esa reunión hasta el mismísimo Sthephen Hoppkins, entre otros genios de la ciencia contemporánea.

Entonces la evolución se impone, o por las buenas o por las malas. Por las buenas: animándose a nadar, para luego bucear en las profundidades, y de vez en cuando, obtener el premio de alguna perlita o de algún coral. Por las malas: la que parece que se avecina día a día. Todos en la superficie, como en el Titanic, escuchando la orquesta, en medio de la orgía de placeres, o bien indiferentes, tibios. Con la diferencia que el agua que abajo espera es bien fría, gélidamente mortífera.
Se produce lo que André Amar predijo: el choque de la aceleración técnico-científica con la vida planetaria, provocando la ruptura de los equilibrios ecológicos. Y ello está llegando a conmover más allá de los intereses, supersticiones, prohibiciones y angustias, tanto que, hasta las más duras conciencias ahora se alteran y sacuden: el mismísimo George Busch, "el fiurercillo" como lo llama Fidel, se está preocupando por el cambio climático, cuando Estados Unidos, principal contaminante, no suscribe ningún tratado internacional de resguardo del medio ambiente.

A todo lo expuesto cabe agregar la crisis energética que, según los expertos, estamos en la antesala de su producción: en la reciente visita del Presidente Bolivariano Hugo Chávez, manifestó que los Estados Unidos tienen el cinco por ciento de la población del mundo y consumen el veinte por ciento de la energía. Por eso lo comparó con un drácula que chupa tanto de noche como de día. Y agregó, que estamos frente a una crisis energética de magnitud sobre todo **porque la mayoría de los países productores de crudo habrían falseado sus declaraciones sobre las reservas. Y Estados Unidos no tiene asegurada reservas para muchos años.**

Pero la pregunta, el vasto interrogante que se presenta es si estaremos a tiempo de rever los valores y realizar la revolución del pensamiento. Se habla de que en menos de diez años los cataclismos se irán sucediendo **sin solución de continuidad**. Sin embargo, el descreimiento, la duda, embargan a la mayoría de la gente. Tal vez por una especie de inconsciente instinto de supervivencia.

Estamos como el celoso que sigue a su mujer infiel hasta la habitación donde se consuma el adulterio y que ve todo, excepto su infortunio **porque en ese momento se apaga la luz: "siempre la duda",** se dice, si se empecina en dudar. Se puede negar impunemente que estamos próximos a una hecatombe ecológica, total "faltando la luz en el momento decisivo", no hay ninguna prueba concreta. Y de nuevo el egoísmo es el principal sospechoso: las generaciones más viejas son las que dominan, las que detentan el poder. Más próximas a desaparecer por el reloj biológico, el problema de la hecatombe NO ES DE ELLAS, sino que es de los otros, los más jóvenes o de los que aún no han nacido todavía.

Y uno sigue haciéndose más y más preguntas. Y las respuestas no aparecen. Como consuelo me queda recordar aquel proverbio que dice: **"El hombre que hace demasiadas preguntas puede parecer con frecuencia tonto, pero el hombre que no las hace, es tonto toda su vida".**
Estamos viviendo el Futuro, somos contemporáneos del mismo.

La pena es que somos hombres viejos. No estamos a la altura de las circunstancias o mejor dicho, de los frutos que se esperaba del futuro y que hoy se nos ofrecen. Somos los mismos hombres por los que Moisés destruyó las tablas de la ley. Los mismos que negaron, torturaron y crucificaron a Jesús. Nada más que hablamos por celular y al caballo lo comemos como mortadela ya que nos movilizamos en vehículos contaminantes, pero no nos importa demasiado, total por cuatro días locos que vamos a vivir...y dale que va. La vida sigue igual...

Luego de todo lo hasta aquí expuesto, diría que: **HOY, SOMOS SERES ALIENADOS, ENAJENADOS POR UNA SOCIEDAD MERCANTILISTA, DONDE TODO SE MIDE BAJO EL SIGNO PESOS.**
"SOMOS PRODUCTO DE UN CONSUMISMO QUE ESTA EN LA RAIZ DE LA ACTUAL E IRREVERSIBLE CRISIS ECONOMICA Y SOCIAL DEL MUNDO GLOBALIZADO", como hace poco escuché decir a Fidel.

Cuando uno toma conciencia, deja de ser extraño lo que se va o se fue formando en nosotros por un bombardeo sutil, cruel y diabólico que en forma sistemática se nos impone como modelo y objetivo de vida.

El sistema de constantes propagandas para que consumamos sin límites, si ese mismo método lo aplicase un gobernante para imponerse él como líder o persona, no dudaríamos un instante en encasillarlo bajo el mote de dictador o tirano o personalista o megalómano, etc. etc.

Ahora, que continuamente, se nos esté obligando desde formas expresas, escandalosas y hasta sutilmente, mediante métodos subliminales, a consumir toda clase de productos comerciales e **ideologías** que hacen a las formas de vida acordes con un sistema en donde el capital y el becerro de oro son los dioses, inaccesibles para la mayoría, porque lo exige el sistema, e intocables a la hora de cuestionarlos pagándose con torturas y hasta con la propia vida, eso está bien. No es controvertible de la misma manera. Y quienes de esta última forma piensan, no alcanzan ni siquiera a vislumbrar que el sistema capitalista y consumista, disfrazado como el lobo con la piel de cordero, de una falsa idea de la libertad, también **es una dictadura enajenante de la persona humana. La transforma, dándole un falso conocimiento, no solamente del mundo, de la vida, de las cosas, sino de sí mismo, de su fin como criatura destinada a evolucionar hacia formas de conciencia superior.**

El sistema de vida propuesto por Jesús y todos los maestros de divina sabiduría, es inconciliable con el sistema capitalista/consumista. Jesús al igual que el Che, jamás aceptaría la libertad del mercado, ni los shopins junto a las villas miserias o al espíritu mercantilista de los servicios médicos o el espíritu de clase de la educación accesible solamente para ricos, y el analfabetismo para los pobres. Los barrios privados para los más pudientes junto a los barrios privados de gas, de luz, de agua, de asfalto, de techo, de paredes: digámoslo con todas las letras: PRIVADOS DE DIGNIDAD.

Este sistema está basado en un antivalor: EL EGOISMO. Debe la criatura humana desarrollar y tener como epicentro sus propios intereses, por sobre el de todos los demás. Siendo por supuesto estos intereses encaminados a fines materialistas. Por eso ha de incentivar la competencia, el éxito medido por la acumulación de dinero y la cantidad de bienes materiales, esto es la riqueza material, superadora de la riqueza espiritual y del desarrollo intelectual.

Por lo tanto, cómo no vamos a poder cuestionar que nos hemos convertido en algo inexplicable (por lo vergonzante). Cómo decirle a un ser que está preparado para convertirse en una inteligencia superior y desarrollar su espíritu a elevados niveles de altruismo y de humanismo, y al que en cambio, una sociedad enajenante le desarrolla solamente el egoísmo y el materialismo extremo, que él es otro, que debe vivir de otra forma cuando ese sistema perverso se presenta como algo insustituible y que se impone en forma compulsiva?
¿Cómo no entender los niveles de delincuencia y de bajeza a los que la criatura humana se presta cuando en forma cruel y despiadada el sistema tiene elegidos y privilegiados y a otros les espera la miseria, la indignidad, la enfermedad, el olvido?? Los unos y los otros. No se trata de buenos y de malos. Se trata, finalmente, de desarrollar solamente la maldad del hombre. Unos tendrán y otros, no. Pero ninguno SERA.

El Ser o No Ser de Shakespeare, el capitalismo lo subsume en TENER O NO TENER, PERO NUNCA EN SER.

TODOS, O TIENEN O QUERRAN TENER Y NO PODRAN. ESTA ES LA IMPOSICION IDEOLOGICA DEL SISTEMA. CUANDO TRATE DE DESARROLLARSE REALMENTE COMO SER HUMANO CONSCIENTE, AHÍ SE ENFRENTARA CON LA PEOR CARA DEL SISTEMA.

Si todo lo que el Imperio gasta en armas y en guerras lo dedicara a palear el hambre y la miseria en que están sumidas poblaciones enteras de Africa o Asia o Nuestra America, el mundo sería otro. Pero no seamos ingenuos, eso no está dentro de las reglas de juego de esta civilización del capitalismo.

Somos lo que no sabemos, lo que no entendemos, porque NO NOS DEJAN SER, NO NOS DEJAN TOMAR CONSCIENCIA DE NOSOTROS MISMOS. SOMOS, MUY INCONSCIENTEMENTE, AQUELLO QUE NOS PROHIBEN SER, SUTIL O COMPULSIVAMENTE".

INDICE

Printed by Books on Demand GmbH, Norderstedt / Germany